吹雪

ウラジーミル・ソローキン

松下隆志＝訳

Метель

Владимир Сорокин

河出書房新社

吹雪

死者は白き寝床で
眠りにつき
窓外には軽やかに
穏やかな吹雪が舞う……

アレクサンドル・ブローク

「わかってくれ、私は必ず行かねばならんのだ！」プラトン・イリイチは腹立ちまぎれに両手を振り上げた。「患者たちが待っている。かん、じゃ、たちが！　エピデミック！　何か心に訴えてこないか?!」

駅長は自分が着ているアナグマの毛皮のベストに握りしめた両手を当て、前屈《まえかが》みになりながら言った。

「どうしてわからないと？　わからないはずがございましょうか？　先生はゆかねばなりません、そのことは大変よく承知しております。ですが、うちには馬がおりませんし、明日まではどうしても手に入らんのです！」

「いったいどうして馬がいない?!」恨《うら》みがましい声でプラトン・イリイチは叫んだ。「それなら、きみの駅は何のためにあるのだ？」

「そりゃあ馬どもをみんな出払わせるためで、だから一頭もおらんのですよ、一頭も！」と駅長は大声で繰り返したが、それはまるで聾者《ろうしゃ》と話しているかのような口ぶりだった。「夜に奇跡でも起きて駅馬がひょっこり現れでもせんことにはですね。いつになるかなんて、誰にわかりますかね？」

プラトン・イリイチは鼻眼鏡を外し、さながら初対面であるかのように駅長を見据えた。

「あのね、きみは向こうで人々が死んでいることをわかっているのか？」

駅長は握りしめた手を開き、まるで施しを乞うように両手をドクトルの方へ伸ばした。

「どうしてわからないと？　何ゆえにわからないと？　正教徒の方々がお亡くなりになっている、大変なことです、わからないはずがございません！　ですが、窓の外がどうなっているかご覧ください！」

プラトン・イリイチは鼻眼鏡を掛け、霜に覆われて何も見分けられそうにない窓に、むくんだ目を機械的に移した。窓の外は相も変わらずどんよりとした冬の日が続いていた。

ドクトルは、バーバ・ヤガー（スラヴ民話に登場する魔女で、鶏の脚の上に建つ小屋に住む）の小屋の形をした大きな音の掛け時計を見た。針は二時十五分を指している。

「もう二時過ぎだ！」彼は憤慨して短く髪を刈り込んだ丈夫な頭を振った。そのこめかみにはうっすらと白髪が見えた。「二時過ぎ！　今に日が暮れはじめる、わかるか？」

「どうしてわからないと、どうしてわからないなどと……」駅長が話しだそうとしたが、ドクトルにぴしゃりと遮《さえぎ》られた。

「おい、いいか！　草の根分けても馬を探し出せ！　もし今日のうちにたどり着けなかったら、お前を裁判に掛けてやる。サボタージュの罪でな」

　この有名な国家の言葉が駅長に催眠的な作用をもたらした。彼はすぐさま眠りに落ちたように、ぶつくさ言うことも、弁明することもやめてしまった。丈の短い毛皮のベストとフラシ天のズボンを身につけ、黄色い革底が縫いつけられた白いフェルト長靴を履いた、やや腰の曲がった男の姿が、暖房が強く効いた広々とした部屋の薄闇の中でじっと凍りついた。その代わり、それまで遠い片隅で更紗《サラサ》のカーテンの陰に座って静かに編み物をしていた彼の妻が振り向き、幅の広い無表情な顔を覗《のぞ》かせた。ラズベリーやスモモのジャムと一緒に紅茶を飲んだり、昨年の『ニーワ』のページをめくったりしながら待っていたこの二時間の間に、ドクトルは早くもその顔にうんざりしていた。

「ミハルイチ、セキコフに頼んでみたら？」

　駅長はたちまちわれに返った。

「セキコフに頼み込んでもいいが」彼は半ば妻の方を向きながら右手で左手を掻《か》いた。「しかし、官馬をご所望なんだ」

「どんな馬でもいい！」ドクトルは叫んだ。「馬だ！　馬だ！　う、ま、だ！」

　駅長は事務机の方へずるずると歩きだした。

「やつがホプロフのおじのところに行っていなければ、頼み込んでみてもいいですがね……」

　彼は事務机に近づいて電話の受話器を取り、二、三度ハンドルを回してから、背筋を伸ばして左手を腰に当て、まるで大きくなれと願うように、禿《は》げ頭《あたま》を上へ伸ばした。

「ミコライ・ルキーチ、ミハルイチですが。今日、うちのパン運びが通りませんでしたか？　通らなかった？　それならけっこうです。ごもっとも！　今はどこにも行けやしません、まったくもって不可能です。では、どうもありがとうございます」

彼は受話器をそっとフックに掛けると、ぞんざいにひげを剃《そ》った年齢不詳の男の顔に活気の色を浮かべながら、ドクトルの方へずるずると歩きだした。

「してみると、今日うちのセキコフはホプロフへパンを取りに行かなかった。やつはここにいて、暖炉の上で寝とるんでしょう。パンを取りに行くときは、いつも決まっておじの家に寄りますからな。茶を飲みながらぺちゃくちゃして。そして、夕方頃にようやくパンを運んでくるのです」

「そいつは馬を持っているのか？」

「車です」

「車？」ドクトルはシガレットケースを取り出しながら目を細めた。

「やつに頼み込めば、先生を車に乗せてドルゴエへ送り届けてくれるでしょう」

「そういえば、私の馬は？」プラトン・イリイチは自分の橇《そり》や御者、そして二頭の官馬のことを思い出し、額に皺《しわ》を寄せた。

「先生の馬はそこでしばらく休んでおります。お帰りの際には使えるでしょう」

ドクトルは煙草に火をつけ、煙を吐いた。

「それで、お前のパン運びはどこにいる？」

「この近所でございます」駅長は自分の背後に向かって片手を振った。「ワシャートカがご案内します。ワシャートカ！」

呼びかけに答える者はなかった。

「新しい家の方にいるのかもしれないわ」駅長の妻がカーテンの陰から答えた。

そしてすぐに立ち上がると、床にスカートの衣擦《きぬず》れをさせながら出ていった。ドクトルはハンガーに近づき、羊皮の裏地がついた重くて裾の長いオーバーを取って袖を通し、尻尾《しっぽ》がついた幅広の狐皮の帽子をかぶり、白いロングマフラーを巻き、グローブをはめ、旅行鞄《りょこうかばん》を二つともつかむと、彼の前で駅長が開け放った扉の敷居をまたぎ、暗い玄関部屋へ決然と足を踏み出した。

郡医者のプラトン・イリイチ・ガーリンは長身頑健な四十二歳の男で、細い面長の顔をしており、鼻は大きく、ひげは青くなるまで剃り上げられ、つねにひたすら不満げな表情を浮かべていた。『諸君は皆、私が非常に重要なことを、唯一実現可能なことを成し遂げる邪魔をしている。それは運命が私に定めたことであり、私が誰よりも上手《うま》くこなせることであり、私がすでにみずからの自覚的な人生の大部分を費やしてきたことだというのに』頑固そうな大きな鼻と少しむくんだ目がついたこの目的意識の明確な顔は、そのように言いたげだった。玄関部屋で彼は駅長の妻とワシャートカとばったり出会い、ワシャートカはすぐさま彼の手から旅行鞄を二つともつかみ取った。

「ここから七番目の家です」と餞別《せんべつ》の言葉をかけながら、駅長は先回りして玄関の扉を開けた。

「ワシャートカ、ドクトル殿をご案内しろ」

プラトン・イリイチは目を細めながら外に出た。少々冷え込み、どんよりしている。弱いながら、この三時間というものやむことのなかった風が、相も変わらず細かい雪を運んでいた。

「そんなにたくさん取られることはありませんよ」駅長は風に身を縮めながらつぶやいた。「もうけには無頓着な男ですから。走ることさえできれば」

ワシャートカは表階段に備えつけられたベンチに旅行鞄を置き、玄関部屋の中に姿を消したかと思うと、じきに短い毛皮コートとフェルト長靴と帽子を身につけて戻ってきて、旅行鞄をつかみ、階段を降りて吹き寄せられた雪の上を歩きだした。

「行きましょう、旦那」

ドクトルは紫煙をくゆらせながら彼の後について歩きだした。二人は雪に覆われた人気《ひとけ》のない村の通りを進んだ。雪が降り積もり、内側に毛皮の裏地をつけたドクトルのブーツはすねの半ば近くまで埋もれた。

『吹雪《ふぶ》くな……』プラトン・イリイチは風を受けて早々に燃え尽きようとする煙草を急いで吸い終えようとしながら考えた。『つい魔が差してこの駅を経由して最短距離で行くことにしたが、ひどい有り様だ。まったく、とんだ僻地《へきち》だな。冬場にこんなところで馬は見つかりっこない。軽率なことはすまいと誓ったのに、ところがどっこい、のこのこ出かけたわけだ、この馬鹿者《ドゥムコプフ》。街道を通っていれば、ザプルドヌイで馬を替えて先へ進めた。七露里（ロシアの古い長さの単位で、一露里＝約一・〇六キロメートル）遠くなるのはしかたないが、その代わりもうドルゴエに着いていたはずだ。駅もまともだし、道も広い。馬鹿者《ドゥムコプフ》！　これでは骨折り損のくたびれもうけだ……』

バケツを天秤棒《てんびんぼう》に掛けて運ぶ農婦よろしく、ワシャートカは同じ二つの旅行鞄を軽く揺らしながら、元気よく雪道を進んだ。宿駅がある土地はドルベシノ村と名づけられていたものの、実際のところは、互いに離れて散在する十戸の農家からなる部落だった。雪で覆われた大きな道を通ってパン運びの家にたどり着くまでの間に、長いオーバーを着たプラトン・イリイチは汗ばんできた。このひどく沈み込んだ古い百姓家の周りはどこもかしこも雪に埋め尽くされており、人跡はなく、まるで誰も住んでいないかのようだった。ただ風が、煙突から白い煙の塊をちぎり取っているばかりだった。

旅人たちはいい加減に柵で囲まれた庭を通り、雪に埋もれている斜めに傾《かし》いだ表階段を上った。ワシャートカが肩で扉を押したところ、鍵が掛かっていなかった。二人は暗い玄関部屋に入り、ワシャートカは何かに体をぶつけた。

「いてっ……」

プラトン・イリイチは暗闇の中でなんとか、大樽《おおだる》を二個、手押し車を一台、そして何やらがらくたらしきものを見分けることができた。パン運びの家の玄関部屋はなぜか養蜂場のにおいがした。巣箱に、花粉に、蜜蠟《みつろう》。この愛すべき夏のにおいは、二月の吹雪にはまったく合っていなかった。袋に用いる粗布《あらぬの》が張られた扉に苦労してたどり着いたワシャートカは、片方の鞄を小脇に挟んで扉を開け、高い敷居をまたいだ。

「ごめんくだせえ！」

ドクトルは鴨居《かもい》をよけて彼の後から中に入った。

家の中は玄関部屋より少しだけ暖かく、明るく、そしてひっそりとしていた。大きなロシア式の暖炉の中で薪が燃え、食卓には木製の塩入れがぽつんと置いてあり、大きな丸パンにはタオルがかぶせられ、片隅では一枚きりのイコン（聖像画）が黒ずんで見え、五時半で止まった掛け時計がひとり寂しく掛かっていた。ドクトルの目に留まった家具といえば、長持《ながもち》とパイプベッドくらいのものだった。

「コジマおじさん！」ワシャートカは旅行鞄をそっと床に下ろして呼んだ。

誰も答えなかった。

「まさか外にいるのかな？」そう言って、ワシャートカは幅の広いそばかす顔をドクトルの方へ向けたが、そこには皮の剝《む》けたようなピンク色の滑稽《こっけい》な鼻がついていた。

「いってえ何だ？」暖炉の上で声がしたかと思うと、くしゃくしゃの赤毛頭が現れた。毛むくじゃらの顎《あご》ひげをたくわえ、寝ぼけた目をぱちくりさせている。

「やあ、コジマおじさん！」ワシャートカは嬉《うれ》しそうに叫んだ。「こちらのドクトルがドルゴエへお急ぎなんだけど、駅に官馬がいなくてさ」

「んで？」と言って頭を掻く。

「だから、おじさんが車で送ってくれないかな」

プラトン・イリイチは暖炉に近づいた。

「ドルゴエでエピデミックが発生して、今日中に必ずそこへ行かねばならないのだ。必ず！」

「エピデミック？」パン運びの男は、汚れた爪のついた大きくてざらざらする指で目を擦《こす》った。

「エピデミックの噂《うわさ》は聞きましただ。一昨日、ホプロフの郵便局で話してたんで」

「そこで患者たちが私のことを待っている。私はワクチンを運んでいるのだ」

暖炉の上の頭が消え、呻《うめ》き声《ごえ》と段が軋《きし》む音がした。コジマは降りてくると、ごほごほと咳《せ》き込《こ》みだし、暖炉の陰から出てきた。それは背が低く、痩《や》せぎすで、肩幅の狭い三十路《みそじ》の男だった。がに股で、仕立屋によくあるようなばかでかい手をしている。鼻の尖《とが》った、睡眠のせいでむくんだ顔は温厚で、笑顔を作ろうとしていた。彼はドクトルを前にして裸足《はだし》の下着姿で立っており、くしゃくしゃの赤毛をぼりぼり掻いていた。

「ワク、チンを？」と彼は丁寧かつ慎重に言ったが、それはあたかも、その言葉を、すり減って隙間の多い自宅の古ぼけた床にうっかり落としてしまうことを恐れているかのようだった。

「ワクチンを」そうドクトルは繰り返すと、すぐに暑くなってきたので、頭から狐皮の帽子を脱いだ。

「ですが吹雪ですぜ、旦那」セキコフは光のよく入らない小窓に目をやった。

「吹雪なのはわかっている！　あちらで患者たちが待っているのだ！」ドクトルは声を高めた。

セキコフは頭を掻きながら、枠の縁を麻の繊維で覆った窓に近づいた。

「今日はパンを取りに行きませなんだ」彼は、暖炉の火に温められて窓の霜が溶けたところを指で拭《ぬぐ》い、外を見た。「人はパンのみにて生くるものにあらず、って言うでしょう？」

「いくらほしい？」ドクトルはしびれを切らした。

殴られるとでも思ったのか、セキコフは彼の方を振り向くと、黙って暖炉の右側の隅へと歩いていった。そこの長椅子や棚には、バケツ、牛乳壺《ぎゅうにゅうつぼ》、暖炉用のボイラーなどが並んでおり、彼は銅製の柄杓《ひしゃく》をつかむと、バケツから水をすくい、喉仏《のどぼとけ》を震わせながら素早く飲みはじめた。

「五ルーブルだ！」ドクトルが脅すような口調で提案したので、セキコフはびくっと身震いした。

そしてすぐさま、シャツの袖で口を拭《ふ》きながら笑いだした。

「なんでおいらにそんな……」

彼は柄杓を置いて辺りを見回し、しゃっくりをして言った。

「でも……暖炉を焚《た》いたばっかしで」

「あちらでは人々が死んでいるのだ！」ドクトルは叫んだ。

セキコフはドクトルには目もくれず、胸をぽりぽり掻き、小窓に向かって目を細めた。ドクトルは鼻の大きな顔に緊張の面持ちを浮かべながらパン運びの男を見つめていたが、それはまるで、今にも殴りつけるか、あるいは号泣するかしそうな表情だった。

セキコフはため息をつき、首を掻きながら言った。

「おい、わけえの、それなら……」

「え？」話が呑《の》み込《こ》めず、ワシャートカは口をぽかんと開けた。

「番をしてほしいんだ。しばらく燃えたら、煙突を閉じてくれ」

「やっとくよ、コジマおじさん」ワシャートカはコートを長椅子に脱ぎ捨て、その隣に腰を下ろした。

「お前の車だが……動力は何だ？」ドクトルは安堵《あんど》してたずねた。

「小馬五十頭でさ」

「よし！　一時間半もあればドルゴエにたどり着けるな。帰りも五ルーブルで頼む」

「よしてくだせえ、旦那……」セキコフはにこにこしながら、蟹《かに》のハサミのような形をした大きな手を振り、自分の痩せた太腿をぱんと叩《たた》いた。「けっこうでさあ、準備しにいくとしやしょう」

彼は暖炉の陰に姿を消したかと思うと、じきにざっくり編まれた灰色の毛糸のカーディガンと綿入れズボンを身につけて出てきた。軍用ベルトを胸元の高い位置で締め、灰色のフェルト長靴を小脇に抱えている。長椅子にワシャートカと並んで座り、長靴を床に放ると、素早く足布を巻きはじめた。

ドクトルは煙草を取り出し、家を出た。外は相変わらずだった。灰色の空、雪嵐、風。部落は死に絶えたかのように、人の声一つ、犬の吠《ほ》え声一つしなかった。

表階段にたたずみ、爽《さわ》やかな煙草の煙を吸いながら、プラトン・イリイチは早くも明日のことを考えていた。『今夜のうちにワクチンを接種して、翌朝は墓地に行って墓の様子を見よう。この天候が検疫の妨げにならなければいいのだが。誰かが包囲を潜《くぐ》り抜《ぬ》けようものなら、もう見つかりっこない。ミーチノでは包囲の輪を二重にしたが、役に立たなかった。突破され、人々が咬《か》まれた……ジリベルシテインはもうあちらにいるのだろうか？　ああ、そうだといいのだが！　四本の手で接種をした方が具合がいいし、二人でなら一晩で村全体を回れるだろう……いや、やつはウソフからだから私より先に着くはずがない。たぶん、あそこからは四十露里はあるし、それにこんな天気だ……まさかこんな吹雪に当たるとはな……』

その間にセキコフは長靴を履き、小ぶりな黒い毛皮コートを羽織ってそれを帯で締め、帯にミトンを差し込み、帽子を目深《まぶか》にかぶった。食卓の丸パンをつかむと、端から大きな一片を切り取って懐《ふところ》へ入れ、さらにもう一片を切り取って噛《か》みちぎり、口をもぐもぐ動かしながら、長椅子に座っているワシャートカに目配せした。

「茶でも飲みてえところだが、時間がねえ。怒鳴ってらっしゃるのを見ただろ。エピ、デー、ミック！　どっから来なすったのかね？」

「たぶん、レピシナからだな」ワシャートカは拳で目を擦った。「駅馬で。お上の御者だったんで、たちまちばたんきゅうだよ」

「寝ちゃいけねえって法はねえ、お上の御者だってよ……」セキコフはお別れに暖炉の中を覗き込み、ワシャートカの頭をぽんと叩くと、口をもぐもぐさせながら、ライ麦のパンのかけらを手に裏庭へと向かった。

パン運びの男の庭は家同様にみすぼらしく、古びていた。ぴたりとくっつけて建て増しされた小屋は傾き、薪はぞんざいに積み上げられ、少し離れて建っている干し草置き場の屋根は壊れて穴が開き、竿《さお》や藁《わら》で手っ取り早く覆われていた。その近くには、あらゆる点から見てここ四年ほど使われた形跡のない脱穀小屋が黒ずんで見えた。それに引き替え、風呂小屋《バーニャ》に似た小さな厩舎《きゅうしゃ》は新しく建てられたばかりで、幅の広い木ずりに覆われており、上手に隙間を詰めた壁と、小さな断熱窓が二枚ついていた。厩舎の横の雪に覆われた庇《ひさし》の下に一台の車が止めてあった。フェルト長靴を履いたがに股の足で雪を掻き分けながら、セキコフは早足で厩舎に近づき、懐に手を入れ、シャツの下にある紐《ひも》のついた鍵を探り当てて取り出すと、南京錠《なんきんじょう》を開けにかかった。

扉の向こうで断続的に鋭い音が聞こえ、それはさながら大きなコオロギが鳴きだしたかのようだった。そしてすぐにもう三つ同じ音がしたかと思うと、さらにまた、さらにまた、そして突然、コオロギの群れが大声で、根気強く、様々な鳴き方ですだきだしたかのようになった。するとすぐさま、家畜小屋で去勢豚がブウブウ鳴いた。廏舎の鳴き声はさらに強まった。

「こんにゃろめ、今行くよ……」セキコフは鍵を開けて扉を開け放ち、廏舎の中へ入った。

おなじみのにおいがいつもと変わらず心地よく漂ってきた。よく見えるように扉は閉めず、鍛《か》冶《じ》場《ば》と馬具製作場を通ってじかに房の馬たちの方へ向かう。嬉々《きき》とした鳴き声が廏舎を満たした。セキコフのみすぼらしい家や庭と違って廏舎は模範的であり、新しく、清潔で、こざっぱりしており、主人が大きな情熱を傾けていることがすぐに見て取れた。廏舎は半分に分かれていた。扉を開けるとすぐに鍛冶場と馬具製作場があり、作業台が置いてあった。台の上には、小さな鉄敷、サモワール（ロシアの湯沸かし器）大のミニ暖炉、養蜂用の燻煙器《くんえんき》から作ったふいごが置いてあり、工具がきちんと並べられていた。ナイフ、ハンマー、ペンチ、錐《きり》、粗目《あらめ》やすり、ブラシが入った馬油の缶。台の真ん中には、一コペイカ玉大のミニ蹄鉄《ていてつ》がいっぱい入った素焼きの碗《わん》が置いてあった。隣にある別の碗には、これらの蹄鉄用の小さな釘《くぎ》が山盛りになっている。壁には、干しキノコを思わせる小さな頸環《くびわ》がいくつも並んで掛かっていた。作業台の頭上には大きな灯油ランプが吊《つ》り下がっていた。

鍛冶場と馬具製作場の向こうにある大きな編み籠は干し草置き場で、細切れにしたクローバーが入れられており、その隣には柵がそびえ、そしてその向こうが馬房だった。セキコフがにこにこしながら柵越しに身を屈めると、下の方で五十頭の小さな馬たちの騒々しい七色のいなきが響いた。馬たちは皆、それぞれの房の中に立っていた。ある馬たちはペアで、ある馬たちは五頭で、またある馬たちは三頭で。各房に水や餌を入れるための木桶《きおけ》があった。餌桶の中には、セキコフが今朝の五時に馬たちに与えたオートミールの残りが白く見えた。

「どうだ、こんにゃろめ、お出かけするか？」そうセキコフが自分の馬たちにたずねると、彼らはいっそう大きな声でいななきはじめた。

若い馬たちは前脚を蹴《け》り上《あ》げて竿立《さおだ》ちになり、軸馬《じくうま》や曠野《こうや》の馬たちは鼻息を立てて頭を振り、うんうんとうなずいていた。セキコフは大きくてざらざらした手を下ろし、もう片方の手でパンのかけらを押さえながら、馬たちに触りはじめた。指で触れ、背中に触り、たてがみを撫《な》でてやると、馬たちは顔を上げながらいななき、戯れに小さな歯で手を嚙み、温かい鼻の穴を指にぶつけた。どの馬もヤマウズラ以下の大きさだった。彼はどの馬のことも知っており、馬がどこからこの房へやって来たか、その経歴、実際の働きぶり、親のこと、性癖や性格について話すことができた。セキコフの群れの中核は、濃い人参色の短い尻尾を持つ胸幅の広い鹿毛の牡馬《ぼば》たちで、その数は半数以上を占めた。その後には薄栗毛や黒鹿毛が続き、栗毛が八頭、葦毛《あしげ》が四頭、ぶち模様の葦毛が二頭、粕毛《かすげ》が二頭——一頭は黒粕毛、もう一頭は赤粕毛——となっていた。

ここにいるのは牡馬と騸馬《せんば》だけだった。小さな牝馬《ひんば》は文字通り千金に値し、養馬場主だけがそれを飼っている。

「ほうら、パンだぞ」とセキコフは言い、パンを細かくして桶に投げ入れていった。馬たちはそちらへ体を傾けた。パンを残らず細かくし終えると、馬たちが平らげるのを待ち、それから手を叩いて大声で命じた。

「さあ、車につなぐぞ！」

そして一体となった柵をぐいっと持ち上げ、すべての房が一度に開いた。

馬たちはきれいに掃除された木製のシュートの上を歩きだした。すぐさま群れを作り、あいさつを交わしたり、嚙みっこしたり、ヒヒンと笑い合ったり、蹴りっこしたりする。シュートは壁の中へと通じており、その向こうに車がぴたりと横づけされていた。馬の群れを眺《なが》めるセキコフの顔は晴れやかになり、若返った。疲れているときだろうと、酔っ払っているときだろうと、人に侮辱されたときだろうと、自分の馬たちは目の保養になった。壁の蓋《ふた》を横にずらし、馬たちに車の中への通路を開けてやる。群れは、冷え切った車の内部から吹き込んでくる冷気にも負けず元気に進んだ。

「そら、そら」彼は馬たちを励ました。「今日はそんなに冷やこくねえから、寒さにも耐えられらあ……」

最後の馬が車に入るのを待ってから蓋を閉めた彼は、さっと廏舎を出て施錠し、鍵を懐にしまい、がに股で廏舎の周りを走り、車のボンネットを開けた。訓練された馬たちは各自で持ち場へと散っていくところで、頸環をつけられるのを待っていた。ボンネットの中は五列に分かれており、各列に十頭ずつ入るようになっていた。セキコフは馬たちの頭を小さな頸環に押し込みながら、手早く頸環をつけていった。彼らはおとなしく歩いていたが、二頭の栗毛だけはいつものように嚙み合いをはじめ、三列目の秩序を乱した。

「そら、今に鞭《むち》を食らわすぞ、こんにゃろめ！」そうセキコフは請け合った。

最初につながれた十頭の肉づきのいい鹿毛の軸馬たちは、凍りついたリブ状の駆動ベルトを蹄《ひづめ》で音高く叩き、三列目の薄栗毛たちは頸環をつけてもらおうとたてがみの長い頭を主人に向かって垂れ、栗毛たちは最良の馬種としての威厳をたたえながら耳を前後に動かし、葦毛たちは無関心に口をもぐもぐさせ、黒鹿毛たちは大きく息をしては頭を縦に振り、ぶち模様の葦毛たちはじれったそうに足踏みし、威勢のいい赤粕毛は若い歯を剝き出しながら絶えずいないないていた。

「そらよっと」セキコフはボンネットの中に木製のピンをはめ込み、すべての馬を持ち場に閉じ込めた。タール桶をつかんで中身を駆動ベルトの両方のベアリングに塗ると、ミトンをはめ、小さな鞭をつかみ、ドクトルを呼びに行った。

彼は表階段にたたずみながら、二本目の煙草を吸い終えようとしていた。

「行けますぜ、旦那」とセキコフは報告した。

「それは何より……」ドクトルは不満げに吸い殻を投げ捨てた。「出発だ、出発だ……」

セキコフが彼の旅行鞄を一つ持ち、二人は玄関部屋を通って庭の車の方へ歩いていった。セキコフが熊皮の膝掛けをまくり上げ、ドクトルは座った。そしてセキコフが後ろで彼の旅行鞄を御者席に結びつけている間、馬たちのことをじっと見つめていた。小さな馬を目にすることは稀で、ましてやそれでドライブすることなど滅多になかったので、ボンネットの中で五列になって並び、駆動ベルトのリブ状の帯を蹄で小刻みに叩いている馬たちを、彼は待ち疲れた関心でもって観察した。

『小さな生き物たちだが、のっぴきならない困難な状況では助けとなる……このおちびちゃんたちがいなくてどうやって進める？　奇妙なことだが……彼らだけが希望なのだ。ほかの誰にも、私をあのドルゴエへ送り届けることはできないのだから……』

そして、二頭の普通の馬を思い出した。三時間半前、彼は吹雪ですっかり疲労困憊《ひろうこんぱい》したその馬たちに運ばれてこの忌《い》まわしいドルベシノへとやって来たのであり、彼らはいま宿駅の廏舎にいて、おそらくは何か食べているのだろう。

『大きな動物ほど、われわれの広大な空間ではもろい。ましてや人間はこの上なくもろい……』

ドクトルはグローブをはめた片手を前に伸ばし、指を広げ、最後列にいる二頭の黒鹿毛の尻に触った。馬たちは無関心な目を彼に向けた。

セキコフが近づいてきて、ドクトルの隣に座ると、膝掛けのホックを掛け、梶棒《かじぼう》をつかみ、小さな鞭を振り上げた。

「では、無事を祈って……そらっ！」

彼は唇をチュッと鳴らした。馬たちは緊張し、足を素早く動かしはじめ、駆動ベルトが軋みながらよみがえり、馬たちの下で動きだした。

「そらっ！　そらっ！」セキコフは彼らの頭上で鞭を振り回した。

馬たちの小さな尻の張り詰めた筋肉が動き、頸環が軋み、蹄が駆動ベルトを擦り、そしてベルトがぐるぐる回りだした。車が発進し、雪が滑り木の下できいきい音を立てた。

セキコフは鞭をケースに突っ込み、梶棒を動かした。車が庭から出ていく。そこに門はなく、傾いだ柱が二本残っているだけだった。柱の間を通ると、セキコフは車を本道の方へ向かわせ、唇を鳴らしながらドクトルにウインクした。

「行きましょう！」

ドクトルは満足げにオーバーの羊皮の襟《えり》を立て、両手を膝掛けの下に入れた。本道を素早く通過し、セキコフは分かれ道で曲がった。左の道路ははるかザプルドヌイへ、右はドルゴエへと通じている。車は右の道路を疾走した。道路は雪に覆われていたが、完全にというわけではなかった。そこかしこに、道標や、風に揺れる裸の低木がちらほら見えた。相も変わらず、あられのように細かい雪が降っていた。雪は馬たちの背中に落ちた。

「なぜ馬を覆ってやらないのだ？」ドクトルがたずねる。

「しばらく空気を吸わせてやって、覆うのはその後でも間に合いまさあ」とセキコフ。

ドクトルは、御者がほとんど笑みを絶やさないことに気づいた。

『優しい男なんだな……』

そう考えて御者と話しはじめた。

「どうだ、小さい馬を飼うのはもうかるのか？」

「何と言やあいいのか、旦那」セキコフは不揃いな歯を剝き出しながら、大きくにっこりと微笑《ほほえ》んだ。「今んとこ、パンとクワス（ライ麦などから作られるスラヴの伝統的な発酵性飲料）には困っておりません」

「パンを運んでいるのか？」

「左様で」

「独身か？」

「独身でさ」

「どうして？」

「役立たずになっちまったんで」

『インポテンツか……』ドクトルは察した。

「以前は妻帯していたのか？」

「はい」セキコフはにこにこしている。「二年暮らしました。その後で役立たずになっちまって、女の体は手に負えねえことがわかりました。誰がおいらなんかと暮らすってんですか？」

「出ていったのか？」ドクトルは鼻眼鏡を直した。

「出ていきました。おかげさんで」

黙々と一露里ほど進んだ。駆動ベルトの上を走る馬たちは、速すぎるということはなく、かといって遅いわけでもなく、彼らがきちんと世話され、よく餌を与えられているのが感じられた。

「あの村でひとりだと寂しくないか？」

「寂しがる暇なんぞございません。夏は干し草を運んどりますんで」

「冬は？」

「冬は……旦那をでさ！」セキコフは笑いだした。

プラトン・イリイチも苦笑した。セキコフといると、何やら穏やかでいい気分になり、苛立《いらだ》ちは消え、ドクトルは自分や他人を急《せ》かすのをやめた。セキコフは何があろうと彼を送り届けてくれるだろう、そして彼は間に合い、人々を恐ろしい病から救い出すことができるだろうということが、今や彼には明らかだった。御者の顔には、どことなく鳥のような、あざけるようでいて、それと同時に無力で、善良で、悪意のない表情が浮かんでいるように見えた。尖った鼻、まばらな赤茶けた顎ひげ、浮腫《むく》んだ細い目がついたにこやかな顔は、大きな古い耳当て帽を目深にかぶり、ドクトルの隣で車の動きに合わせて揺れ、すべてにすっかり満足しているようだった。車にも、ちょっとした寒さにも、仲よく揃《そろ》って駆けている小馬たちにも、大事な旅行鞄をひっさげてどこからともなく現れた、この鼻眼鏡を掛けて狐皮の帽子をかぶったドクトルにも、そしてこの、行く手に広がり、舞い上がる地吹雪の中に沈んだ、白みがかった果てしない雪原にも。

「荷馬車の御者はしないのか？」ドクトルはたずねた。

「なんでおいらが……お上の金で十分でさ。ソロウーヒのある人のとこで働いたことがありますが、後で他人の飯は口に合わねえってことがわかりました。今はいつもパンを運んどります。おかげさんで……」

「なぜセキコフなどというあだ名で呼ばれているのかね？」

「ああ……」御者はにやりとした。「それはおいらがまだ若え頃に森林保護隊で働いてたときの話で、おいらたちはそこで林道を作ってたんでさ。バラック生活だったんですが、おいらは胸の病気になっちまって、夜中に咳をするようになりました。みんな寝てるってのに、おいらが咳をするもんで、てんで眠れやしねえ。それで連中、おいらに腹を立てて、仕事をわんさと押しつけてきやがった。てめえは夜中に咳をして俺たちを悩ませてんだから、その代わりに薪を割れ、暖炉を焚け、水を運べ、ってなわけで。おいらは自分の咳のせいで徹底的に料理されました。『セキコフ、これをやれ、セキコフ、あれをやれ！』なんて言われて。おいらは組合でいちばんの若造でした。それで、こんなあだ名がついちまったんでさ。セキコフ、セキコフって」

「名前はコジマというのか？」

「コジマでさ」

「コジマよ、今は夜中に咳をしないのか？」

「しません！　神様のご加護でさ。天気が悪い日にゃ背骨が痛みますが、健康でごぜえます」

「そしてパンを運んでいるのだな？」

「左様で」

「一人で運ぶのは不安ではないか？」

「いいえ。一人がいいんでさ、旦那。ベテランの御者いわく、『一人で走るなら両肩に一人ずつ天使がつき、二人になると天使は一人だけになり、三人になると馬車に悪魔が取り憑《とつ》く』ってね」

「金言だな！」ドクトルは笑いだした。

「その通りでごぜえますよ、旦那。荷馬車の列が戻ってくると、みんなすぐどっかへ飲みに行く始末でさ」

「自分は飲まないのか？」

「飲みます。けど、ほどはわきまえとります」

「実に驚くべきことだな！」ドクトルは膝掛けの下でもぞもぞしながら笑いだし、シガレットケースを取り出した。

「驚くことなんかありますかね？」

「独身の男は普通飲むだろう」

「そりゃあ酒でも振る舞われりゃ飲みますがね。家には置いてません、必要ねえんで。飲む暇なんかありゃしませんよ、旦那、五十頭の馬の面倒を見にゃなりませんからね」

「なるほど」そう言ってドクトルは煙草に火をつけようとしたが、マッチの火が吹き消された。

二本目も吹き消された。目に見えて風が強まり、綿雪が降りはじめていた。雪は馬たちの背中に落ち、ボンネットの隅に詰まり、ドクトルの顔をくすぐり、鼻眼鏡に当たってさらさら音を立てた。

彼は煙草に火をつけながら行く手に目を凝《こ》らした。

「ドルゴエまで何露里ある？」

「十七露里くらいでさ」

ドクトルの記憶では、駅長は別の数字を挙げた。たしか十五と言ったはずだ。

「こんな天気でも二時間くらいでたどり着けるか？」

「誰にわかるもんですかね？」薄笑いを浮かべながら、セキコフは雪をよけるために帽子をすっかり目元まで下げた。

「道路は平らだな」

「状態はいいです」セキコフはうなずいた。

道路は低木が生えた野を通っており、雪の中から突き出ているまばらな道標がなくとも見えた。野は疎林へと変わり、道標は終わっていたが、その代わり道路の右側に橇の跡が加わり、それが同時にこの先の道筋を示していたので、ドクトルは少し励まされた。つまり、誰かがごく最近この道を通ったのだ。

車は橇の跡に沿って走り、セキコフは軽快に運転し、ドクトルは煙草を吸う。じきに森が大きく深くなり、道路が下り坂になり、車が白樺林《しらかばばやし》に入り、セキコフは手綱《たづな》を引いた。

「どうどう！」

馬たちが止まった。

セキコフは車を降り、ボンネットの下の後ろの方でごそごそしはじめた。

「どうした？」ドクトルがたずねる。

「馬どもを覆ってやろうと」御者は巻いた筵《むしろ》を引っ張り出しながら説明した。

「それはいい」ドクトルは雪嵐に向かって目を細めながら同意した。「雪が降りだしたな」

「雪が降りだしましただ」

セキコフはボンネットを防水筵で覆い、角のところを留めた。車に乗り込み、唇をチュッと鳴らす。

「そらっ！」

馬たちが走りだした。

『森の方が安心して進める。道は一本で見えるから、見失うはずがない……』ドクトルは襟から雪を払い落としながら考えた。

「昔から小さい馬を飼おうと決めていたのか？」彼はセキコフにたずねた。

「四年くらい前でさ」

「どうしてまた？」

「ホプロフにいたグリーシャっていう弟が死にまして、二十四頭の小馬が残りました。知れたことで、嫁は面倒を見たがりません。売ると言いやがります。そこで、神様の天使がおいらにこうたずねさせたんです。いくらで？　一頭三ルーブルで。そんときのおいらの手持ちは六十ルーブル。おいらは、それなら六十ルーブル分買うと言いました。で、話がつきました。馬どもを編み籠に入れて、ドルベシノの自宅へ運びました。ちょうど運のいいことに、ポルフィーリーっていう仲間のパン運びの男が、息子を連れて町に引っ越したところでした。おいらはそいつから車を安値で買い足し、さらに数頭の馬とラジオを交換しました。で、そいつの代わりにパンを運ぶことになったってわけです。三十ルーブル。それで暮らしております」

「なぜ普通の馬を買わなかったのだ？」

「ふつーの馬！」セキコフは唇を筒の形にして前に突き出し、そのせいで横顔がすっかりコクマルガラスみたいになった。「ふつーの馬を養うために干し草を刈ることなんざできません。旦那、おいらは独り身、沼の中のサギみてえなもんで、どうして干し草を運べるってんです！　牛のためなら、刈っても刈っても刈りすぎるってことはありませんが。今は牛も飼っとりません、やめました。それに引き替え、小せえ馬の世話は楽しいですよ。クローバーの種を一筋まいて、刈って、干す。それで一冬越せるんです。粉にしたカラスムギをやって、水を飲ませりゃ、それでしまいでさ」

「近頃は大きな馬も飼われているだろう」ドクトルは反論した。「うちのレピシナには大きな馬を飼っている家族があるぞ」

「そりゃあ家族だからですよ、旦那！」そう言いながらセキコフは大きく頭を振ったので、帽子がすっかり目元にずり落ちた。

そして、帽子を直してからたずねた。

「ところで、どんな馬ですか？」

「普通より二倍くらい大きな馬だ」

「二倍？　小せえですな。うちの駅でももっとでけえのを見ましたよ。旦那は新しい馬房に気づきませんでしたか？」

「いいや」

「秋にどでかいのが建ったんでさ。ラジオで聞いたんですが、今日、ニージニーの市に四階建て級の駄馬が来たそうですぜ」

「そういう馬もいる」ドクトルは真面目《まじめ》にうなずいた。「超重労働で使われている」

「見たことがおありで？」

「遠くから見た、トヴェーリでな。そういう駄馬が石炭列車を引いていたよ」

「へえ！」セキコフは舌を鳴らした。「そんな馬は一日にどれくらいカラスムギを食うんでしょうな？」

「そうだな」ドクトルは鼻梁に皺を寄せながら目を細めた。「思うに……」

突然、車がひどく揺れて回転し、バキッという音が聞こえ、ドクトルは危うく雪の中に放り出されそうになった。馬たちは防水筵の下で鼻息を立てた。

「おぉ……」頭から脱げた帽子をなくし、梶棒に胸をぶつけたセキコフは、やっとのことで息をついた。

ドクトルの鼻から眼鏡が落ち、紐に吊られてぶらぶらしはじめた。彼はすぐに眼鏡をキャッチして掛けた。車は路肩で右に傾いた状態で止まっていた。

「こんにゃろめ……」セキコフは胸をさすりながら車を降り、前方に回り込んでしゃがむと、車の下を覗き込んだ。

「どんな具合だ？」ドクトルは膝掛けから出ずにたずねた。

「何かにぶつかったみてえですな……」そう言ってセキコフは道路の右側へ離れたが、たちまち雪の中に埋もれた。体の向きを変え、うんうん唸《うな》りながら車の下に這《は》い込《こ》む。

ドクトルは傾いた車の中で座って待っていた。やっとセキコフの頭が現れた。

「すぐに……」

彼は雪に覆われた筵を開けると、運転席には着かずに手綱を後ろに引いた。

「そら、そら、そら……」

馬たちは荒い鼻息を立てながら後退しはじめた。しかし、車はただその場で震えるばかりだった。

「私も降りるとするか……」ドクトルは熊皮の膝掛けのホックを外し、車を降りた。

「そら、そら、そら！」セキコフは車に体を押しつけながら、馬たちが後退するのを手伝った。

車が後ろ向きにぶるっと震え、もう一度震え、通行できない場所から出て、道路を横切るようにして止まった。セキコフは車の脇を走り、前に出てしゃがんだ。長いオーバーを着たドクトルも近づいた。右の滑り木の先が割れていた。

「こんにゃろめ……ぺっ！」セキコフはつばを吐いた。

「ひびが入ったのか？」ドクトルは身を屈めながら目を凝らした。

「割れちまいました」セキコフは腹立たしげに唇を鳴らした。

「いったい何にぶつかったのだ？」ドクトルは車の前方を目で探した。

そこにはただほぐれた雪があるばかりで、その上にまた新たな綿雪が落ちていた。セキコフはこの場所の雪をフェルト長靴で掻き分けにかかり、不意に何か硬いものを蹴った。それはぐちゃぐちゃの雪の中から滑り出ていた。御者と乗客はよく見ようと身を屈めたが、何一つはっきりと見えなかった。ドクトルが鼻眼鏡を拭いて掛け直したところ、急にそれが見えた。

「なんということだ《マイン・ゴット》……」彼は片手をそっと下に伸ばした。

手は、滑らかで、硬くて、透明なものに触れた。セキコフはよく見ようと四つん這いになった。雪の中にかろうじて見えたのは、セキコフの帽子と同じくらいの大きさの透明なピラミッドだった。乗客と御者はそれに触ってみた。それは、ガラスに似た硬く透明な物質でできていた。地吹雪がピラミッドの完全に平らな面の周りで綿雪を舞い上がらせていた。ドクトルがつついてみると、ピラミッドは簡単に横へ滑った。彼はそれを両手でつかみ、背筋を伸ばした。ピラミッドはきわめて軽く、まったく重さがないとすら言えた。ドクトルは手の中でそれを回してみた。

「何だ、これは……」

セキコフはこびりつく雪を眉から払いながらまじまじと見つめた。

「こりゃ何ですかい？」

「ピラミッドだな」ドクトルは鼻梁に皺を寄せた。「鋼《はがね》のように硬い」

「これにぶつかったんですかい？」セキコフは唇を鳴らした。

「そういうことになるな」ドクトルはピラミッドを回している。「なぜこんなものがここに？」

「荷馬車から落っこちたんじゃねえですか？」

「だが、なぜこんなものが？」

「そりゃあ、旦那……」セキコフは車の方へ戻りながら、腹立ちまぎれに片手を振った。「近頃は何のためだかわからねえものが色々と大量に作られとりますから……」

彼は割れた滑り木の先をつかみ、慎重に揺り動かした。

「どうやら完全に剝がれたわけじゃねえみてえだ」

戻ってきた苛立ちのため息とともにドクトルがピラミッドを放り投げると、それは雪の中に消えた。

「旦那、滑り木を何かで縛ってやらねえといけません。そんで、いったん引き返しましょう」セキコフは袖で洟《はな》をかんだ。

「引き返すだと？　どういうことだ？」

「まだ四露里くらい走っただけでさ。向こうの窪地《くぼち》はたぶん雪が多くて、縛った滑り木じゃ立ち往生しておしめえです」

「待て、引き返すとはどういうことだ？」ドクトルは腕を広げた。「あちらでは人々が死んでいる、衛生兵たちが待っている、エピ、デー、ミック、なのだ！　引き返すとはどういうことだ?!」

「こっちもエピデミックでさ」セキコフはげらげら笑いだした。「見てくだせえ、この割れ方を」ドクトルはしゃがみ、ひび割れた滑り木をじっくりと眺めた。

「こんな状態で十二露里も走れやしません。急に吹雪いてきやがりましたし」セキコフは辺りを見回した。

吹雪は実際に強まっており、雪を運んでは舞い上げていた。

「今森を抜けたら、向こうの窪地で立ち往生しておしめえです。万事休すってやつでさ」

「何か巻きつけてみたらどうだ？」ドクトルは滑り木を観察しながら、そこに舞い落ちる雪を払い落とした。

「何を？　シャツとかですか？　巻くことは巻けますが、長くはもちません。剝がれます。戻りますよ、旦那、嫌な目に遭いたかねえんで」

「いや、待て……」ドクトルは考え込んだ。「いまいましいピラミッドめ……いいか、これならどうだ……私は伸縮性包帯を持っている。丈夫なやつだ。包帯をきつく巻いてから進もう」

「包帯でどうやって？」セキコフは納得できなかった。「シャツより弱いでしょう、一瞬で剝がれちまいます」

「伸縮性包帯は丈夫なのだ」ドクトルは背筋を伸ばしながら重々しく言った。

　その言い方がいかにも自信たっぷりだったので、セキコフは体を縮めて黙り込んだ。にわかに寒気を覚えた。

　ドクトルは御者席の後ろに留めた旅行鞄に毅然と近づき、一方を外して開けると、伸縮性包帯のパックを素早く見つけてそれをつかんだ。そして鞄の中に大小のガラス瓶を見つけ、嬉しげに舌を鳴らした。

「これだ！　いい考えだぞ……」彼はガラス瓶を一つ取り出し、滑り木のもとへと急いだ。

　セキコフはその横で膝立ちになり、ミトンで雪を掻き分けはじめた。そして、もう一個ピラミッドを探り当てた。

「なんと、もう一個ありましただ」彼はドクトルに見せた。

「失《う》せやがれ！」そう言ってドクトルがブーツで蹴ると、ピラミッドは飛んでいった。

　そしてすぐさまセキコフの背中をぽんと叩いた。

「コジマよ、われわれは今からすべてを修理するぞ！　もし瞬間接着剤があったら、お前はこの板を貼り合わせたか？」

「知れたことでさ」

「ほら見ろ、われわれは今からこの軟膏《なんこう》を塗る。きわめて濃厚で粘り気のあるやつだ。その後でさらに包帯を巻きつける。軟膏はこの寒さでさらに固まり、お前の板を接合してくれるだろう。その板でならお前はドルゴエにたどり着け、家にだって五回も帰れようというものだ」

セキコフは軟膏の入った瓶をいぶかしげに見ていたが、そこには次のように書いてあった。


ヴィシネフスキー軟膏＋PROTOGEN　17W

ドクトルは瓶の蓋を開け、セキコフに差し出した。

「ほら、見たところまだ凍っていないようだ……指につけて、板に塗ってくれ」

セキコフはミトンを外し、大きな手でそっと瓶を受け取ったが、すぐさまドクトルに返した。

「待ってくだせえ……そんなら滑り木の下に何か当てねえと」

彼は座席の下から素早く斧《おの》を取り出すと、道路から森の中に入り、白樺の若木を選んで伐《き》りはじめた。

ドクトルは瓶を車の上に置いて包帯をポケットに入れ、シガレットケースを取り出し、煙草を吸いはじめた。

『どっと降りだしたな……』彼は舞い落ちる雪に向かって目を細めながら思った。『ありがたいことに、寒さは厳しくない。ちっとも寒くない……』

斧の音を聞きつけた小馬たちは筵の下で鼻息を立て、威勢のいい赤粕毛が細い声でいななきだした。ほかに数頭の馬が彼と鳴き交わした。

ドクトルが煙草を吸い終えないうちに、セキコフは早くも白樺の若木を伐り倒し、根元を切り落とすと、白樺の幹の上で尖らせはじめた。

「これでよし……」

一仕事終えたセキコフは、息を切らしながら車の方へと戻り、右の滑り木の中心の下に白樺のくさびを上手く押し込んだ。滑り木の先がわずかに持ち上がる。セキコフはその下の雪を掻き分けた。

「今度は塗りますだ」

ドクトルは彼に瓶を渡し、自分で包帯のパックを器用に開封した。セキコフは滑り木と並んで横向きに寝そべり、割れた部分に軟膏を塗りはじめた。

「なんてこった」彼はぶつぶつ言った。「切り株にゃあ何度かぶつかったけど、ちっとも割れなかったってのに、今度は一発でスパーンと……ろくでもねえ疫病神だ……」

「大丈夫だ、包帯を巻けばたどり着ける」ドクトルは作業の様子を観察しながら彼を慰めた。

セキコフが塗り終えるやいなや、ドクトルはじれったそうに彼を押しのけた。

「さあ、取り掛かるぞ……」

セキコフは転がるように滑り木から離れた。ドクトルはどっこいしょと雪の上に腰を下ろし、それからやっとの思いで体を横向きに倒し、位置を調整すると、器用に包帯を巻きはじめた。

「ほら、コジマ、ひびをくっつけろ！」彼はあえぎながら声を絞り出した。

セキコフは滑り木の先をつかんでひび割れた部分を握りしめた。

「いいぞ……いいぞ……」ドクトルは包帯を巻きながらつぶやいた。

「上の端を結んでやらねえと、下が切れちまいますだ」セキコフが助言する。

「学者に教えを垂れるな……」ドクトルはふんと鼻息を立てた。

彼は滑り木に包帯を固く均等に巻きつけ、上の端を結び、それを上手いこと包帯の下に差し込んだ。

「こりゃたまげた！」セキコフは微笑んだ。

「どうなると思ったのだ？」ドクトルは勝ち誇ったように言い、苦しそうに息をしながら身を起こすと、ベニヤ板製の車の側面を拳で叩いた。「さあ出発だ！」

馬たちが内部で鼻息を立て、いななきだした。

セキコフは滑り木の下からくさびを叩き出し、斧を座席の足元に放り込むと、帽子を脱いで汗ばんだ額を拭き、うっすら雪の積もった車に、まるで初めて見るような眼差《まなざ》しを向けた。

「やっぱり戻りませんか、旦那？」

「絶対にいかん！」ドクトルは起き上がり、服をはたきながら、怒って脅かすように頭を振った。「考えることすら許されない。誠実な労働者たちの命が危険にさらされているのだ！　兄弟よ、これは国の仕事なのだ。われわれには引き返す権利などない。それはロシア人の流儀に反する。キリスト教の流儀にもな」

「まあ、それはわかります……」セキコフは帽子を目深にかぶった。「キリストがともにいらっしゃる。あのお方がいなくてどうしましょう?」

「その通りだ、兄弟。さあ出発だ!」ドクトルは彼の肩を叩いた。

セキコフは大声で笑いだし、はあとため息をつくと、片手を振った。

「どうぞお好きなように!」

そう言うと、うっすら雪に覆われた膝掛けを開き、座席に潜り込んだ。ドクトルはみずから進んで自分の旅行鞄を後ろに留め、セキコフの隣に座ると、重要な仕事が首尾よく成し遂げられたことを意識している満足げな表情を顔に浮かべながら、オーバーの前を掻き合わせた。

「そっちはどうだい?」セキコフは筵の下を覗き込んだ。

返事に、立ちくたびれた小馬たちの仲良く揃ったいななきが聞こえた。

「そいつは何より。そらっ!」

馬たちが蹄で駆動ベルトを擦ると、車がぶるぶる震えて動きだした。セキコフは車をまっすぐにし、進路に向けた。前方に延びる道路を見て、車上の二人はたちまち異変に気づいた。板の修理をしている間に、先に通った荷馬車隊の跡は完全に雪に埋まり、前方の道路は真っ白になっていた。

「またえれえ雪が積もりましたな。ガチョウの足でも踏み固められませんや!」セキコフは手綱を引き上げながら唇をチュッと鳴らした。「走れ、もっと速く！」

だが、この間ずっと筵の下で退屈していた馬たちを駆り立てるには及ばなかった。彼らはにわかに活気づいて凍ったベルトの上を走りだし、蹄鉄をつけた小さな蹄を音高く連続で叩きつけた。車は新雪の上を颯爽と走りだした。

「窪地を急いで通り抜けたら、上の方は製粉所までいい道路が通っておりますだ！」セキコフは雪まじりの風に身をすくめながら叫んだ。

「さっさと抜けるぞ！」ドクトルは彼を励ましながら襟と帽子の中に顔を隠し、少し蒼《あお》ざめてきた大きな鼻だけが外に出ている状態となった。

風は綿雪を運んでは行く手に舞い上がらせ、地吹雪が道路を覆った。周囲の森はまばらで、伐採の跡が見て取れた。

どうやら何年も前に落雷で割れたらしい古い樫《かし》の枯れ木を目にしたドクトルは、ふと時間のことを思い出し、時計を取り出して見た。『もう五時過ぎか……大騒ぎだったな……まあいい……無論、これほどの雪で早くたどり着くことはできんが、もう一、二時間で着く。いやはや、何でまたあんなへんてこなピラミッドにぶつかったのだろう。なぜあんなものが？　おそらく、食卓に飾るただの置物みたいなものだろうか。何かの機械や装置の部品でないことは明らかだ。ああいうピラミッドをたくさん運んでいる荷馬車隊があって、積んでいたうちの一つが滑り落ちて、車に当たったのか……』

彼はナジーンの家にあった水晶のサイを思い出した。サイは飾り棚に楽譜と一緒に置いてあり、その楽譜を彼女は小さな指でつかみ、グランドピアノの譜面台に置くと、突発的な素早い動きでめくりながら演奏し、その動きはたちどころに、突発的で、まるで三月の氷のように当てにならない彼女の気質を伝えるのだった。そしてこの、鋭い水晶の角と、豚さながらの細い巻き尾を持つきらきらしたサイは、いつだってプラトン・イリイチを少し小馬鹿にしたように見ており、それはまるで、覚えておけ、この薄氷を踏むのはお前だけではないのだ、とからかっているかのようだった……。

『ナジーンはもうベルリンか。あっちはいつものように冬は雪が降らず、おそらくは雨が多く、じめじめしていて、ヴァンゼーでは湖も冬に決して凍ることはなく、冬の間ずっと鴨や白鳥が泳いでいるのだろう……家も立派で、騎士の石像があって、シナノキやプラタナスの古木があって……別れるなんて馬鹿だった、手紙を書く約束すらせず……帰ったら必ず書こう、すぐに書くぞ、侮辱されたふりや傷つけられたふりをするのはもうたくさんだ……私は侮辱されてもいないし、傷つけられてもいない……彼女は素晴らしい、実に立派な女性だ、たとえ最低のろくでなしみたいに振る舞うときだって……』

「あのピラミッドを持ってくるべきだったな」ふと彼は言い、御者を横目で見た。

セキコフはよく聞き取れず、いつもの鳥のような表情を顔に浮かべながら運転していた。彼は、車がまるで破損など何もなかったかのようによく走っていることが、大切な小馬たちが元気なことが、吹雪が妨げにならないことが嬉しかった。

『こりゃたまげた、横に傾ぎもしねえ』彼は右手で梶棒を動かし、左手で手綱を軽くつかみながら思った。『ってことは、ドクトルが上手く滑り木を縛ってくださったんだな。見たところ、腕前のいいお人で、ベテランで、真面目だ。それにあのでっけえ鼻。ドルゴエへ連れてけ、連れてけ！　ドクトルみてえな人たちはおっかねえことをたくさん見てきたから、できることも多いんだろうな。去年コマゴンで若えやつが大鎌で怪我して、町で脚を縫いつけたら、それがくっついて、今じゃ前より速く走ってる……おいらは歯が痛くなってノヴォセレツのドクトルのとこへ行った。注射をされて、顎を広げられたけど、ちっとも痛くなかった。歯を三本抜かれて、たらい半分くらいの血が出たっけ……』

道路は下り坂で、森はさらにまばらになり、間もなく前方の吹雪のとばりの中に大きな谷間の輪郭がぼんやりと見えてきた。

「旦那、ここは降りねえとなりません」セキコフは言った。「おいらの馬たちじゃこんな雪の上は持ちこたえられねえです。三階建て級の駄馬でもねえと……」

「降りよう！」ドクトルは体の向きを変えながら快活に答えた。

二人は車から飛び降り、すぐに膝まで深い雪に埋もれた。ここの道路は完全に雪に覆われていた。セキコフは梶棒をまっすぐの状態に固定し、色褪《いろあ》せた古い絵の跡がある車の背面につかまり、走りながら後ろから押しはじめた。しかし、車が谷底を過ぎて上りはじめると、たちどころに失速し、その後で完全に停止してしまった。セキコフは筵を開け、馬たちにたずねた。

「どうした？」

そして、彼らの背中の上で手を叩いた。

「そら、一気に！　そら、一気に！」

そして、大きな音で威勢よく口笛を吹いた。

馬たちはベルトに足を、セキコフは背面に手を突っ張った。ドクトルも背面をつかんで加勢する。

「もっと、速く！　もっと、速く！」セキコフは甲高い声で叫びだした。

車が動きだし、やっとのことで上りはじめた。しかし、すぐにまた止まってしまった。セキコフは車を後ろから支え、谷に下りていかないようにした。馬たちは鼻息を立てている。ドクトルが再度押そうとしたが、セキコフはそれを制止し、ぜえぜえ息をしながらつばを吐いた。

「待ってくだせえ、旦那、力をたくわえましょう……」

ドクトルも息切れしていた。

「ちょっとの間でさ」セキコフは自分の帽子をうなじの方へずらしながら微笑んだ。「でえじょうぶ、すぐ上がれますだ」

二人は息を整えながらたたずんでいた。

柔らかい大粒の雪が密に降っていたが、風は少し落ち着いたらしく、顔に綿雪が飛んでくることはなかった。

「そこにこんな急斜面があるとはな……」背面を支えているドクトルは、雪で白くなった幅広の毛皮帽を回しながら辺りを見回した。

「そこに小川があるんでさ」セキコフは騒々しく息をしながら言った。「夏は乗り物で渡れます。

いい水で。ここを通るときは、いつも車を降りて喉を潤しますだ」

「滑り落ちないといいが」

「でえじょうぶです」

少したたずんで呼吸を落ち着けたセキコフは、ひゅーっと口笛を吹き、馬たちに叫んだ。

「そら、こんにゃろめ！　そら、一気に！　いっ、きに！　いっ、きに！」

馬たちがベルトを擦りだした。乗客と御者が車を軽く押した。車がゆっくりと坂を上りだす。

「そら！　そら！」とセキコフは叫び、口笛を吹いた。

しかし、二十歩進んだところで再び止まった。

「くそったれ……」ドクトルは車の背面にぐったりともたれ掛かった。

「もう少し、もう少しでさあ、旦那……」まるで言い訳でもするように、セキコフは押し殺した声でつぶやいた。「その代わり、後で下るのは楽です、まっすぐ溜め池のとこまで……」

「なぜこんなところに道路を作ったのだ……こんな急斜面に……馬鹿どもめ……」ドクトルは帽子をかぶった頭を振りながら憤慨した。

「そんならどこに作ればいいんで、旦那？」

「迂回《うかい》するようにだ」

「どうやって迂回するんですかい？」

ドクトルは疲れた様子で手を振り、議論するつもりはないことを示した。呼吸を落ち着けてから、セキコフの口笛と叫び声のもとで再び上りだした。さらに四度、彼らは立ち止まって休息しなくてはならなかった。やっと谷間から抜け出した頃には、人も馬もすっかりくたびれていた。

「おかげさんで……」そう言ってセキコフは大きなため息をつくばかりで、忌まわしい谷間の方向へつばを吐きながら、馬の様子を見るためにボンネットに近づいた。

小馬たちは汗だくで、体から湯気が上がっていたが、湯気はもうよく見えなかった。谷間から抜け出す間に日が暮れはじめていたのだ。疲労困憊したドクトルは帽子を脱ぐと、びしょ濡《ぬ》れの頭を拭き、額の汗を拭き、ハンカチを取り出してラッパのような音を立てて洟をかんだ。細身の白いマフラーがオーバーからはみ出してぶらぶらしていた。ドクトルは一つかみの雪をすくい、貪《むさぼ》るように頬張《ほおば》った。セキコフは馬たちを覆い、フェルト長靴を脱ぎ、入り込んだ雪を振り落としはじめた。ドクトルはよろめきながら座席に潜り込み、体を反《そ》らせると、降ってくる雪に頭と顔をさらしながら座っていた。

「やっと上がれましたぜ」セキコフは長靴を履いてドクトルの隣に座り、疲れた笑みを見せた。

「出発しますかい?」

「出発だ!」とほとんど叫ぶように言いながら、ドクトルは手触りのいい深いシルクのポケットの中でシガレットケースとマッチを探り当てた。このおなじみの滑らかで心地よいシルクとの接触は、すぐさま彼を落ち着かせ、最難関を越えたこと、この物騒で危険な谷間は永久に背後に置き去りにされたことを理解させた。

重労働を終えて休息する人間の格別な喜びを覚えながら、プラトン・イリイチは煙草を吸いはじめた。火照《ほて》った細い顔が熱気を放っている。

「お前も吸うか?」彼はセキコフにたずねた。

「ありがとうごぜえます、旦那、おいらたちは吸わねえんで」御者が手綱を上に引っ張ると、馬たちはゆるゆると引きはじめた。

「どうして?」

「たまたまでさあ」セキコフは鳥のような疲れた笑みを浮かべた。「ウォッカは飲みますが、煙草は吸いません」

「それはえらい!」ドクトルもまた疲れた笑い声を上げながら、肉づきのいい唇から煙を吐き出した。

　小馬たちはゆっくりと引き、車は雪に覆い尽くされた道路を走りながら、おのれの道を切り開いた。森は谷間とともに終わっていた。行く手には、舞い落ちる雪の向こうに、緩やかに傾斜した野がかすかに見え、低木の茂みや柳の林がぽつぽつと生育していた。

「馬どもも疲れちまいました」セキコフはミトンで筵を叩いた。「でえじょうぶ、すぐ楽になるからな」

　道路は滑らかに左へカーブしており、幸いなことに、そこにはまたも道標がちらほら現れた。

「すぐに溜め池を越えて、そっからはまっすぐな道路が新森《ノーヴィ・リエース》を通ってるんで、迷う方が難しいってもんでさ」とセキコフは説明した。

「さあ、兄弟、やれ」ドクトルが急き立てる。

「ちょいと一休みさせてから走ります」

馬たちは苦しい上り坂の後で少しずつ落ち着きを取り戻しており、ゆっくりと車を引いていた。そうして二露里ほど進んだ頃、ほぼ完全に日が暮れた。雪は降りしきり、風はやんでいた。

「そこが溜め池ですだ」そう言ってセキコフは鞭で前方を指したが、ドクトルの目には、前方にあるのは雪に覆われた大きな干し草の山に見えた。

彼らが近づくと、干し草の山かと思えたものは、実は小川に渡した橋であることがわかった。車が橋を渡りはじめたところ、底の方で何かを擦り、セキコフは梶棒をつかんで動きを整えたが、車は急に右の方へ持っていかれ、橋から落ちて雪だまりへと突っ込み、止まってしまった。

「ああ、こんにゃろ……」セキコフはため息をついた。

「また板じゃなかろうな？」ドクトルはぶつぶつ言った。

セキコフが飛び降り、そして彼の声が響いた。

「ほら、下がれ！　さ、が、れ！　さ、が、れ！」

馬たちはおとなしく後退しはじめ、セキコフは車の前面を押して手伝った。車はやっとのことで雪だまりから出て、セキコフは雪のとばりの中へと姿を消したが、すぐに戻ってきた。

「滑り木です、旦那。包帯が取れちまいました」

ドクトルは苛立ちと疲労を覚えながら膝掛けを抜け出し、近づいて身を屈め、滑り木の割れた先端を苦労して見分けた。

「くそったれ！」

「おっしゃる通りで……」セキコフは鼻を擦った。

「また包帯を巻かねばならん」

「何の意味が？　一、二露里進めば、また同じことでさ」

「進まねばならん！　絶対にだ！」ドクトルは帽子をかぶった頭を振った。

『頑固なお人だ……』セキコフは彼を一瞥《いちべつ》して帽子の下のうなじを掻き、遠くに目をやった。

「聞いてくだせえ、旦那。この近くに粉屋が住んどります。そこへ行かねえとなりません。滑り木を直すのに都合がいいんで」

「粉屋だと？　どこに？」そう言ってドクトルは頭を回したが、何も見えなかった。

「あーっちで窓に明かりが灯っておりますだ」セキコフは片手を振った。

ドクトルが雪の舞う暗闇に目を凝らすと、実際に小さな明かりをかろうじて見分けることができた。

「おいらは十ルーブルもらっても行きたくねえんですが。けど、選択肢はねえようです。野に風を探すはめになるのはごめんでさ」

「どういう男なのだ？」ドクトルはぼんやりとたずねた。

「口の悪いやつです。けど、奥さんはいい人です」

「それなら早く行こう」

「ただし、てくで行きましょう。さもねえと、馬どもが疲れて引けなくなるんで」

「行くぞ！」そう言ってドクトルは明かりの方へ決然と向かったが、すぐ雪の中に膝まで埋もれてしまった。

「そっちに道路がありますだ！」セキコフが指差す。

裾の長いオーバーを着てつまずき、悪態をつきながら、ドクトルはまったく見分けのつかない道路へと抜け出した。セキコフは苦労して車をまっすぐにし、小馬たちを駆り立てながら、梶棒を握ったまま並んで歩いた。

道路は凍った川の岸に沿って延びており、車はそこをきわめてゆっくりと、苦しげに進んだ。車を方向づけながら、セキコフは疲れて息を切らした。ドクトルはその後について歩き、たまに車の座席の背もたれを押した。雪は降り積もる一方だった。ときには雪があまりにも密に降るせいで、ドクトルには、自分たちが湖岸をぐるぐる回っているように思えた。前方の明かりは消えたり現れたりしていた。

『よりによってあのピラミッドにぶつかるとはな』ドクトルは車の背もたれを持ちながら考えた。『とっくの昔にドルゴエに着いていたはずなのに。このコジマの言う通りだ。この世には不要な物がなんとたくさんあることだろう……誰かがそういうものを製造し、荷馬車隊で町や村に送り届け、買うように人々を説得し、悪趣味なことでもうける。そして人々は買い、喜び、そうした物のくだらなさや愚かさには気づかない……まさに今日、そのような不愉快な物がわれわれに害をもたらしたのだ……』

セキコフは道路の右側にずり落ちそうになる車の向きを絶えず修正しながら、あの憎むべき粉屋について考えていた。もうやつのもとへは行くまいと二度も誓いを立てたというのに、またぞろやつと関わりを持つはめになってしまった。

『どうやら、誓いが弱かったみてえだ。八月の救世主祭であそこには足を向けねえと誓ったってのに、今はやつのところへお助けを乞いに行く始末だ。しっかり誓ってたら、何事もなく、天使たちが翼に乗せてあの製粉所の横を通り過ぎさせてくれたかもしんねえ。けど今は、押しかけて、ノックして、頼み込まにゃなんねえ……それか、そもそも誓う必要なんてねえのかな？　じいさまが言ってたみてえに、悪い行いはせず、誓いは立てるな……』

ようやく前方の雪の中に、雪だまりに半ば埋もれた二本の柳の木がかろうじて見え、そしてその向こうに、明かりが灯った窓が二枚ついた粉屋の家が現れた。家は岸にじかに建っており、ほとんど川の上に覆いかぶさっていた。川の中で凍りついた水車は、雪嵐越しに見るドクトルには、家から川へと通じる丸い階段かと思えた。それは実にたしからしく見えたので、彼は疑いもせず、この階段はきっと家事で何か重要なことに、おそらくは漁業と関係のあることに必要なのだと考えた。

車が粉屋の家に到着した。

門の向こうで犬が吠えだした。セキコフは車から離れて家に近づき、明かりが灯った窓をノックした。少し時間がかかって門の脇の木戸がわずかに開き、暗くて見分けのつかない人物が現れた。

「何用で？」

「こんばんは」そう言ってセキコフはその人物に近づいた。

「ああ、こんばんは」木戸を開けた人物は彼のことに気づいた。

この使用人が粉屋に雇われてからまだ一年目だったが、セキコフにもそれが彼だとわかった。

「その、おいらはドクトルをドルゴエへ送っていくとこなんだけど、そこで滑り木が壊れちまって、吹きさらしのとこで直すのは具合が悪いんだよ」

「ふうん……ちょっと待ってくれ……」

木戸が閉まる。

長い数分が経過し、門の向こうでごそごそ音がしたかと思うと、閂《かんぬき》がガチャガチャ鳴り、門が軋みながら開いた。

「庭に入ってくれ！」先ほどの使用人が命令口調で叫んだ。

チュッと大きな音を立てて唇を鳴らしながら、セキコフは車を門扉の間に向け、車は庭へと入った。ドクトルが続いて中に入ると、使用人はすぐに門を閉め、閂を掛けた。暗くて雪深かったものの、ドクトルはかなり広い庭と何棟かの建物を見分けることができた。

「ドクトル様、ようこそいらっしゃいました」表階段から女性の声がした。

ドクトルは声の方へ歩いていく。

「足元にお気をつけを」と声が忠告した。

プラトン・イリイチはなんとか扉を見分けることができたが、すぐさま階段につまずき、農婦に手でつかまった。

「足元にお気をつけを」彼女はドクトルを支えながら繰り返した。

農婦からはすっぱい農村の温もりが漂ってきた。その手には蠟燭《ろうそく》が握られていたが、たちまち吹き消されてしまっていた。農婦は使用人の妻だった。彼女は玄関部屋を通ってドクトルを案内し、扉を開けた。ドクトルは、広々とした、農村の基準からすると上等かつ豪華にしつらえられた百姓家の中へと入った。居間は二つの大きな灯油ランプで照らされていた。暖炉が二つ——ロシア式とオランダ式——、テーブルが二台——台所用と食事用——、長椅子、長持、食器棚、隅にあるベッド、覆い布が掛かった受信機、消えることのない虹色の額縁に収められた君主の肖像画、同じく七色に輝く額縁に収められた君主の娘、アンナとクセニヤの肖像画、ヘラジカの角に掛けられた二連銃とカラシニコフ自動小銃、水飲み場の鹿たちを描いたゴブラン織りのタペストリー、木の台に置かれたサマゴン（自家製の蒸留酒）製造装置。

食卓に着いているのは粉屋の妻のタイーシヤ・マルコヴナで、丸々と太った大柄な三十路女性だった。食卓の用意がされており、卓上には小型の丸いサモワールが輝き、サマゴンの二リットル瓶が置いてあった。

「どうぞお入りください」粉屋の妻はそう言いながら腰を上げ、ずり落ちたパヴロフスキー・ポサード（モスクワから東に六十八キロの場所にある繊維産業で有名な都市）のカラフルなショールをむっちりした肩に掛けた。「まあ、全身雪まみれじゃありませんか！」

実際、ドクトルは全身雪にまみれており、マースレニツァ（二月下旬から三月上旬にかけて行われるカトリック教国の謝肉祭に当たる祭り）に子どもたちが作る雪だるまさながらだった。青灰色の鼻だけが雪に覆われた毛皮帽の下から突き出ている。

「アヴドーチヤ、何を突っ立っているの、手伝いなさい」粉屋の妻が命じる。

アヴドーチヤはドクトルから雪を払い落とし、オーバーを脱がせはじめた。

「どうして晩に、それもこんな雪嵐の中お出かけになりましたの？」スカートの衣擦れをさせながら、粉屋の妻が食卓の向こうから出てきた。

「出発したときは明るかったんです」そう答えながら、ドクトルは自分の濡れて重たくなった服を少しずつ預け、ネイビーの三つ揃いスーツと白いマフラーだけの姿になった。「しかし、途中で故障してしまって」

「それはお気の毒に！」粉屋の妻はにっこりと微笑み、ふくよかな白い手でショールの端を握りながら彼の方へ近づいてきた。

「タイーシヤ・マルコヴナと申します」そう言って彼女はドクトルにお辞儀した。

「ドクトル・ガーリンです」プラトン・イリイチは手を拭きながら会釈した。

家の中に入ると、彼はたちまち寒気と疲労と空腹を覚えた。

「ご一緒にお茶を飲んで体を温めてください」

「喜んで」ドクトルは外した鼻眼鏡をマフラーでゆっくり拭きながら、サモワールに向かって目を細めた。

「どちらからいらしたの？」

それは深く心地よい声で、粉屋の妻は少し歌うように話し、地元の訛りは見られなかった。

「今朝レピシナを出たのですが、ドルベシノに馬がいませんでね。それで、あちらの御者を雇うことになったのです、車と一緒に」

「誰をですの？」

「コジマです」

「セキコフですか？」食卓の向こうからか細い声がした。

ドクトルは鼻眼鏡を掛け、声のした方を見た。食卓のサモワールの横に、小さな人間が足を垂らして座っていた。大きさはこのぴかぴかの新しいサモワール以下だった。小人の服はどれも小さかったが、裕福な粉屋に相応《ふさわ》しいものだった。赤いカーディガン、ネズミ色の毛糸のズボン、ぶらぶら揺れている赤い洒落《しゃれ》たブーツ。小人は、自分で巻き、小さな舌で糊《のり》づけたばかりの、とても小さな手巻き煙草を手にしていた。小人の顔は白っぽくてみすぼらしく、眉毛はなかった。薄い金髪が頭の上で逆立ち、頬のところで薄い金色の顎ひげに変わっていた。

ドクトルは小さな人々に会って治療する機会が頻繁にあったので、いささかも驚くことなくシガレットケースを取り出して開け、煙草を一本引き抜くと、いつもの手つきでそれを肉づきのいい唇の端にねじ込み、小男に答えた。

「ええ、まさにその男です」

「よくも雇えましたな！」小人は手巻き煙草を不快な大口にくわえながら意地悪く笑いだし、ポケットから三コペイカ硬貨大の極小ライターを取り出した。「やつはとんでもないところへ先生を連れていきますよ」

そう言ってライターをカチッと鳴らすと、青いガスの流れが輝きだし、小人はライターをドクトルの方へ差し上げた。

「セキコフは？　彼はどこにいるの？」粉屋の妻は小間使いに目を移したが、その穏やかな褐色の目はサマゴンを飲んだことでやや輝きを帯びていた。

「畜舎ですわ。呼びますか？」

「もちろんよ、呼んでちょうだい、体を温まらせてやりましょう」

ドクトルが小人の方へ身を傾けると、小人は自分の方からうやうやしく腰を上げ、まるで松明《たいまつ》でも掲げるように、ライターをさらに高く差し出した。その手はゆらゆらしており、小人が酔っているのがわかった。ドクトルは煙草に火をつけると、背筋を伸ばして深々と吸い、食卓の上に煙を広く吐き出した。小人の方も火をつけてライターをポケットにしまい、ドクトルにお辞儀した。

「セミョーンと申します、マルクの息子で。粉屋をやっとります」

「ドクトル・ガーリンです。奥さまと同じ父称（ロシア人の名前の一部で、父親の名からつけられる）なのですか？」

「はい！」小人は笑ってよろけ、サモワールにもたれたが、すぐさま手を引っ込めた。「マルコヴナとマルクイチ。どうしてこうなっちまったのか、くそったれ……」

「悪態をつかないで」粉屋の妻が近づいてきた。「先生、腰を下ろして、お茶をご一緒してくださいな。この寒さですし、一杯くらいウォッカを飲んでもバチは当たりませんわ」

「当たりませんとも」一杯やりたくてたまらなかったドクトルは同意した。

「当たり前だ！　ウォッカと茶がありゃ、寒さもへっちゃら！」粉屋はよろめきながらか細い声でそう言うと、瓶に近づいて抱きつき、手のひらで音高く叩いた。

瓶は彼と同じ高さだった。

ドクトルが椅子に座ると、アヴドーチヤは彼の前に皿とショットグラスと三つ叉のフォークを置いた。粉屋の妻は瓶をつかみ、小麦パンの大きな切れ端に背中をぶつけてすぐに食卓の上に座り込んでしまった夫をわずかに押しやり、ドクトルのグラスを満たした。

「どうぞ召し上がれ」

「俺には？」粉屋は手巻き煙草を吹かしながらたずねた。

「あんたはもう十分でしょ。座って煙草でも吸ってなさい」

粉屋は妻に口答えせず、パンのかけらにもたれ、煙草を吸いながら座っていた。

ドクトルは左手に煙草を持ったままグラスをつかむと、黙ってさっと飲み干し、キャベツの漬物をフォークで引っ掛けて食べた。粉屋の妻は彼の皿に自家製ハムと脂身で炒《いた》めたジャガイモを置いた。

「奥さま、ほかに御用はございますか？」アヴドーチヤがたずねる。

「いいえ。下がっていいわ。セキコフを呼んでね」

アヴドーチヤは出ていった。

ドクトルは何度か煙を吸った後、小さな吸い殻でいっぱいの小さな御影石《みかげいし》の灰皿で煙草を揉《も》み消《け》し、食事をがっつきにかかった。

「セキコーフ！」粉屋はただでさえ醜い蛙のような口を曲げながら、侮蔑的に声を引き伸ばした。

「大事なお客さまが見つかった。セキコフ！　ろくでなし！　くそ野郎！」

「どんなお客さまだって嬉しいわ」粉屋の妻は自分にサマゴンを注ぎながら穏やかに言い、軽く笑みを浮かべながらドクトルの方をちら見し、夫のことは無視していた。「どうかお達者で、ドクトル」

口がいっぱいのプラトン・イリイチは黙ってうなずいた。

「俺にも注いでくれよ！」粉屋が哀れっぽく叫ぶ。

タイーシヤ・マルコヴナは持ち上げかけた自分のグラスを置き、ため息をついて瓶をつかむと、プラスチック製のミニテーブルに置かれた鋼の指ぬきの中にサマゴンを注いだ。この小さな人間にとって標準的なミニテーブルの存在に、ドクトルはすぐには気づかなかった。それはハムの皿と塩漬けキュウリの鉢との間にあった。指ぬきが輝くミニテーブルにはグラスや皿が置いてあり、皿には普通の人間用の大きな食卓にあるのと同じ前菜が盛ってあったが、ただしそれは大きな前菜から一切れずつ切り取ってきたものだった。ハムのかけら、脂身のかけら、塩漬けキュウリのかけら、パンの白い部分、塩漬けチチタケ、キャベツ。

さっと煙草の煙を吸い込み、シューッという蛇じみた不快な音とともに吐き出すと、粉屋は手巻き煙草を床に捨てて立ち上がり、吸い殻をブーツで勢いよく踏《ふ》み潰《つぶ》した。ドクトルは、彼の赤いブーツの底に銅が打ちつけられていることに気がついた。粉屋は指ぬきをつかみ、立ってふらふらしながら、ドクトルの方へ差し出した。

「あなたに乾杯します、ドクトル殿！　大切なお客さまに。そして、あらゆる人間のくずに反対して飲みます」

ドクトルは黙って粉屋の方を見ながら口を動かしていた。粉屋の妻が再び彼のグラスを満たした。ドクトルはそれをつかみ、指ぬきと女主人のグラスと触れ合わせた。各自が飲み干す——ドクトルは相も変わらずさっと、静かに、タイーシヤ・マルコヴナはゆっくりと、ため息まじりに、自分の大きな胸を揺らしながら、粉屋はどこか苦しげに、後ろに仰《の》け反《ぞ》りながら。

「ああ」粉屋の妻はため息をつき、小さな唇を筒の形にすぼめ、ため息をつき、肩のショールを整え、そびえる胸の上でふくよかな手を組み、ドクトルの方を眺めはじめた。

「かーっ！」粉屋は喉を鳴らし、空になった指ぬきでミニテーブルを勢いよく叩くと、パンの白い部分をつかんでそこに鼻を突っ込み、大きな音を立ててにおいを吸い込んだ。

「どうして故障したんですの？」粉屋の妻がたずねる。「切り株にでもぶつかりなさった？」

「そんなところです」ドクトルは口の中にハムを一切れ入れながら同意したが、馬鹿げたピラミッドの話を繰り返す気にはまったくならなかった。

「あのセキコフがぶつからないわけあるか?! やつはあほんだらだからな！」粉屋が甲高い声で叫びだした。

「あんたにとっちゃ誰でもあほんだらでしょ。この方と話させて。事故はどこで起きたんですの？」

「ここから三露里ほどのところです」

「谷間じゃありませんか？」粉屋は小さなナイフをつかみ、よろめきながら塩漬けキュウリの鉢に近づくと、ナイフをキュウリに突き刺した。スイカをくさび形に切るように一切れ切り取り、口に入れてぼりぼり食べはじめる。

「いえ、谷間の手前です」

「手前?」タイーシャ・マルコヴナは息を吸い込んだ。「あそこは森ですけど、道路は広いですわ」

「道路から落ちたのさ……あの薄のろ……もぐもぐ……それで白樺の木にぶつかったんだ……」

粉屋はキュウリを嚙みながら頭を縦に振った。

「何か硬い物に衝突しまして。運が悪かったのです。私の御者はいい男ですよ」

「いい人ですわ」粉屋の妻が同意した。「夫はただ彼のことが好きじゃないんです。誰のことも好きじゃないいんですのよ」

「好きなやつはいるさ……人間のくずでなけりゃ……」粉屋は口をもぐもぐさせている。

そして突然、嚙み砕いたキュウリを騒々しく吐き出し、地団駄を踏んだ。

「馬鹿、お前のことは好きだぞ! 口答えするな!」

「誰が口答えするもんですか」粉屋の妻はドクトルの方を見ながら笑いだした。「それで、レピシナからどこへ向かっておいでなの?」

「ドルゴエへ」

「ドルゴエへ?」彼女は驚いてはたと笑みを引っ込めた。

「ドルゴエへ?!」粉屋は揺れるのをやめてか細い声で叫んだ。

「ドルゴエへ」ドクトルは繰り返した。

粉屋夫婦は目を見合わせた。

「あそこでは黒い病が流行《はや》っているんでしょう、ラジオで見ましたわ」タイーシヤ・マルコヴナは驚いて黒い眉を曲げた。

「今朝ラジオで見ましたぞ！」粉屋はうなずいた。「黒い病！」

「ええ。黒い病です」食べ終えたドクトルは、椅子の背にもたれながらうなずいた。

ウォッカと食べ物のせいで彼の大きな鼻は汗ばみ、赤くなっていた。ドクトルはハンカチを取り出すと、騒々しく洟をかんだ。

「あそこは……あれが……軍が包囲しているでしょう。なんでまたそんなところへ？」粉屋はつまずいてよろめいた。

「ワクチンを運んでいるのです」

「ワクチンを？　接種するのですか？」と粉屋の妻。

「ええ。取り残された人々に接種します」

「ま、まだ咬まれていないやつに？」粉屋はつまずいてキュウリにもたれ掛かった。

先ほどの指ぬきの一杯が彼をノックアウトしたのは明らかだった。

「ええ。咬まれていない人に」

ドクトルはシガレットケースを取り出し、煙草を一本引き抜くと、飢えを満たした人間のため息をつきながら火をつけた。

「あそこへ行くのが恐ろしくないんですの？」粉屋の妻は胸を震わせた。

「それが私の仕事なのです。それに、あちらには軍がいますから、恐れることなどありません」

「でも、その、やつらは……とてもすばしっこいのでしょう」彼女は空《から》のグラスをふくよかな手で心配そうに回した。

「やつら！　やつらっ！　やつらはとってもすばしっこーい！」粉屋は塩漬けキュウリのぶつぶつにつかまりながら、いまいましげに頭を振りはじめた。

「やつらは地面の下を掘るんですよ」彼女は唇を舐《な》めた。

「掘る！　じ、地面の下を掘る！」

「そして、好きなところに這い出ることができる」

「で、できる……で、できる！　この人間のくずが……」

「無論できます」ドクトルは同意した。「冬でさえ、やつらは凍った土を平然と掘り広げるのですから」

「ああ、神様……」粉屋の妻は十字を切った。「武器はお持ちですの？」

「無論です」ドクトルは紫煙をくゆらしている。

彼は粉屋の妻のことが気に入った。彼女の中には、母性的で、善良で、面倒見がよくて居心地のいい何かがあり、それが彼に、まだ母親が生きていた幼少期の記憶をよみがえらせた。粉屋の妻は美人ではなかったが、彼女の女らしさに魅せられた。彼女と話すのは心地よかった。

『この酔っ払いは運がいい』そう考えながら、ドクトルは粉屋の妻のふくよかな手を、ショットグラスを回している、小さな爪がついたすべすべでふっくらした指を眺めた。

扉が開き、セキコフが入ってきた。

「こんばんは！」そう言って彼は脱帽し、頭を下げ、イコンに向かって十字を切り、上着を脱ぎはじめた。

「おお、イ、イワーン・スサーニン（みずからの命と引き換えにポーランド軍から皇帝を守ったとされる十七世紀の英雄的農民）！」粉屋はキュウリにつかまりながらげらげら笑いだした。「何でまた白樺の木なんかに突っ込んだんだ、このカササギ頭？」

『言われてみると、たしかにカササギ頭だな……』ドクトルはセキコフの方を見ながら心の中で同意した。

「誰がそんなことをしろとゆった?!　あほんだら！」

「悪口はやめなさい、セーニャ！」粉屋の妻はずっしりした手のひらで食卓をぴしゃりと叩いた。

「き、貴様は、く、国の敵だ、わかってんのか？　き、貴様は損害を与えたんだ！」粉屋はよろめき、前菜を迂回しながら、食卓の上を歩いてセキコフの方へと向かった。「その罪で貴様はぶちこまれるべきだ！」

彼はつまずき、脂身の上に座り込んだ。

「そのまま座ってなさい！」粉屋の妻は苦笑した。「お入り、コジマ、掛けてちょうだい」

汗で濡れた赤毛を撫でながら、セキコフは食卓に近づいた。

「人間のくずやごみは全員、ぶ、ぶち込むべきだ！　このくそ馬鹿野郎！」粉屋はセキコフをにらみつけながらか細い声で叫んだ。

「もう……」しびれを切らした粉屋の妻は、夫を両手で抱きかかえ、自分の胸に押しつけて座らせた。「じっとしてなさい！」

夫を支えながら、もう片方の手でセキコフのティーグラスにサマゴンを注ぐ。

「飲んで、体を温めて」

「ありがとうごぜえます、タイーシヤ・マルコヴナ」セキコフは食卓に着き、蟹のハサミのような手でグラスを受け取ると、身を屈め、カササギのような口を突き出した。ゆっくりとサマゴンをすすりながら、次第に背筋を伸ばしていく。

飲み干すと、ふーっとため息をつき、顔をしかめ、パンを一切れ手に取ってにおいを嗅ぎ、食卓に置いた。

「お食べ、コジマ、遠慮しないで」

「食ってツラを汚しやがれ！」粉屋が笑いだした。

そして、すぐさまダミ声で歌いだした。

ばあさんがじいさんに言うことにゃ
「あたしゃ汽車でアメリカさ行く！」
「何をぬかすか、このくそババァ
あそこにゃ汽車は走ってねえ」

「もうやめなさい！」そう言って妻は粉屋を揺さぶった。

彼は酔ってげらげら笑いだした。

セキコフは脂身を一個つかんで口に入れ、パンをかじり、素早く口を動かしはじめた。そしてごくんと呑み込んだところで、ドクトルは彼にたずねた。

「車の様子はどうだ？」

「当て板で固定して、上から釘を打ちつけてやりました」

「走れそうか？」

「走れます」

「それなら出発しよう」

「出かけるおつもりですの？　ドルゴエへ？」粉屋の妻はにやりとした。

「人々が待っているのです」

「そんならその……その人間のくずを行かせて、ドクトルはお残りになればいい！」粉屋は拳でセキコフを脅しつけた。

「やめなさい！」タイーシヤ・マルコヴナは夫を胸に押しつけた。「この夜の雪嵐でいったいどこへ行こうというのです？　すぐに道路を見失いますよ」

「すぐに！　す、すぐに！」粉屋は頭を振る。

「必ず今日中にドルゴエへ行かねばならないのです」ドクトルは頑固に繰り返した。

粉屋の妻は夫を赤ん坊のように揺らして、深いため息をついた。

「林を抜けて旧ポサード（ロシア中世都市の商人・手工業者居住区）を越えたら、その先は野原になっていて、道標もありません。雪にはまりでもしたら、そこで夜を明かさないといけなくなりますわ」

「誰か道案内ができる者はいませんか？　たとえば、お宅の使用人などは？」

「使用人ですって？」粉屋の妻は苦笑した。「猫の目をしているとでも？　夜は見えませんよ。それに、地元の者じゃありませんし」

「やつぁ必要な若者だが……」粉屋は妻の胸にブーツを押しつけて這い上がり、首につかまりながらセキコフをにらみつけた。「貴様は……これでも食らえ！」

そう言って粉屋は、親指を突き出した卑猥《ひわい》な握り拳をセキコフに見せつけた。セキコフは粉屋のことは無視してキャベツの漬物を食べていた。

「朝まで泊まっていってくださいな」粉屋の妻は空いている方の手でグラスをサモワールの蛇口の下に置き、蛇口を捻《ひね》った。グラスに熱湯が流れだした。

「人々は今日のうちに私が来るのを待っているのです」ドクトルは煙草の吸いさしを揉み消した。

「かりに正確に行けたとしても、どのみち夜が明ける前にたどり着くことはできませんわ。今はゆっくりとしか進めませんから」

「泊まっていっちゃどうですかい、旦那？」おそるおそるセキコフがたずねた。

「い、今すぐ失せろ！　市で馬を逃がしたくせに！　このカラス野郎！」粉屋は妻の胸の上でブーツをバタバタさせながら叫んだ。

「意地を張らないで、泊まっていってくださいな」粉屋の妻は中国の急須《きゅうす》から煎茶《せんちゃ》をグラスに注いだ。「朝には雪嵐もおさまって、速く走れるようになっていますわ」

「もしおさまらなかったら？」そう言ってドクトルはセキコフを見たが、それはまるで天候の行方が彼にかかっているかのようだった。

「もしおさまってなくても、どのみち明るい方が具合がいいです」とセキコフは答え、むせて咳き込みだした。

「やつは馬をなくした、うっ、かり、逃がした！」粉屋はおさまらない。「馬泥棒の罪で、ぶち、込む、べきだ！」

「泊まっていってくださいな」粉屋の妻は茶の入ったグラスをドクトルの前に置き、セキコフに注ぎはじめた。

「そうすりゃ馬どもも一息つけまさあ」

「貴様の馬どもは一息つくんじゃなくて、息を引き取るのさ！」粉屋が叫んだ。

粉屋の妻が笑いだすと、彼女の胸が揺れだし、夫も波に揉まれるように揺れだした。

『あるいは、本当に泊まっていくべきかな？』

そう考えたドクトルは、しっかり隙間を詰められた壁に時計を探したものの見つからず、自分の時計に手を伸ばしかけたが、ふと、ミシンの上に置いてある金属製の小さなリングの上に、黄色く光る「19:42」という小さな数字が浮かんでいるのが見えた。

『夜半にたどり着けるか試みてもいいが……もし彼女が言うように迷ったら？』

茶に口をつける。

『泊まって、夜明けに起きる。もし吹雪がやんでいたら、一時間半ほどで着くだろう。まあ、ワクチン2の注射が八時間遅れることになるが。許容範囲内だ。何も恐ろしいことは起きない。釈明書を書こう……』

「明日お着きになったからって、何も恐ろしいことは起きませんよ」まるで彼の考えを見抜いたかのように、粉屋の妻が言った。「もっとウォッカを飲んでくださいな」

下唇を嚙みながら、ドクトルは宙に輝く数字を再度一瞥し、考えをめぐらせた。

「泊まっていきますか?」セキコフは口を動かすのをやめた。

「よかろう」プラトン・イリイチはくやしげにため息をついた。「泊まっていくとしよう」

「ありがてえ」セキコフはうんとうなずいた。

「よかったですわ」グラスを満たしながら、粉屋の妻は歌うように言った。

「俺には? 俺には?」粉屋は胸の上でもぞもぞしだした。

彼女は瓶の中身を指ぬきの中に滴らせ、それを夫に渡した。

「お達者で!」彼女は自分のグラスを持ち上げた。

ドクトル、セキコフ、粉屋が乾杯した。

ハムを頰張りながら、ドクトルは早くも単なる滞在所ではなく、宿泊所を見るような目で居間を眺め回した。『どこをあてがう気かな? 別棟だろうな。まったく、よくも泊まろうなどと考えたものだ。この吹雪のくそったれ……』

セキコフの方は安堵して物憂くなった。すぐに体が温まってきて、嬉しくなった。もう、暗い中出かけ、道路を探し、自分や馬たちを苦しめながら彷徨《さまよ》わなくてもいいのだ。馬たちは粉屋の厩舎の暖かい場所で一夜を過ごし、セキコフは車の座席の下に常備している袋に入れたオートミールを彼らにやれるだろう。彼自身はここで、おそらくは暖炉の上で、ぬくぬくとよく眠れるだろう。嫌な粉屋が彼に触れることはないだろう。早朝に出発し、彼はドクトルをドルゴエへ送り届け、五ルーブルもらい、そうして家に帰れるだろう。

「よかろう、あるいはそれが最善かもしれん」ドクトルはそう言って自分を安堵させた。

「最善ですわ」粉屋の妻が彼に微笑みかける。「先生は上の部屋で、コジマは暖炉の上で寝ていただきます。上の部屋は静かで暖かいですわよ」

「おお、なんだか足が痺《しび》れてきやがった……」粉屋は酔った顔をしかめ、右足をつかみながらか細い声で言った。

「もう寝る時間よ」粉屋の妻は夫を胸から下ろそうとしてつかんだが、その拍子に粉屋は自分の指ぬきを落とし、指ぬきは妻の大きな体を転がって食卓の下に落っこちた。

「ほら見なさい、あなた、コップまで落としちゃって」優しく、まるで赤ん坊を扱うように、粉屋の妻は夫を目の前の食卓の端に座らせた。

「ん?……あんだって?」ぐでんぐでんに酔った粉屋はろれつが回らなくなっていた。

「こういうこと」彼女はため息をついて立ち上がり、夫を両手でつかみ上げると、ベッドへと運んでいき、そこに横たえてカーテンを引いた。

「さあさあ、お眠り……」彼女は枕と毛布をがさごそさせながら夫を寝かしつけた。

「明日は早く起こしてくれ」ドクトルがセキコフに言った。

「夜が明けたらすぐに起こしますだ」彼は赤毛のカササギ頭を振ってうなずいた。

明らかに彼はウォッカと暖と食事のおかげで酔っており、同じくすでに眠たそうだった。

「みんなを……みんなを……みんなを……」カーテンの向こうで粉屋の酔ったか細い声がする。

『まるでコオロギが鳴いてるみてえだ……』セキコフはそう考えて鳥じみた笑みを浮かべた。

「タ、イーシヤ……タイーシ……いっぱい、お、お楽しみをしよう……」粉屋はか細い声で言った。

「しましょうね。おやすみ」

タイーシヤ・マルコヴナはカーテンの陰から出てくると、客たちに近づいてしゃがみ、食卓の下を覗いた。

「どこかに……」

『いい女だ』ドクトルはふと思った。

しゃがみ、きらきら輝くやや強張った目で食卓の下を見ている彼女は、彼の情欲を掻き立てた。美人ではなく、彼女の顔を上から見下ろしている今、とくにそのことが目についた。額はやや低く、顎はやや重く、後ろに引っ込んでおり、顔は全体的に大雑把で田舎っぽいつくりだった。しかし、彼女の体つき、白い肌、そして豊満な震える胸が、ドクトルを興奮させたのだった。

「あ……」彼女は食卓の下に手を伸ばし、頭を傾けた。

その髪は黒いお下げに編まれ、お下げは頭に巻きつけられていた。

『粉屋は美味《おい》しい女を持っているんだな……』とドクトルは思ったが、ふと自分の考えが恥ずかしくなり、疲れてため息をつくと、ふっと笑った。

粉屋の妻は背筋を伸ばし、笑みを浮かべながら、指ぬきをはめた小指を見せた。

「ほら！」

そう言って食卓に着く。

「あたしの指ぬきで飲むのが好きなんですの。グラスはあるのですが」

実際、粉屋のミニテーブルには、小さな皿にまざって小さなグラスも置いてあった。

「おいらは寝に行きてえんですが」セキコフは自分のティーグラスを逆さまにひっくり返しながら、愚痴っぽい声で言った。

「どうぞ」粉屋の妻は指から指ぬきを外し、それもまた逆さまにしてひっくり返されたグラスの上に置いた。「あそこの暖炉の上に枕と毛布があるわ」

「ありがとうごぜえます、タイーシヤ・マルコヴナ」セキコフは彼女に頭を下げ、暖炉の上によじ登った。

ドクトルと粉屋の妻は食卓に残った。

「つまり、先生はレピシナで医者をなさっておいでなんですの？」

「レピシナで」ドクトルは茶をすすった。

「大変ですか？」

「その時々ですね。患者が多いときは大変です」

「病気が多いのはいつですか？　冬かしら？」

「エピデミックは夏にも起きます」

「エピデミック……」彼女は頭を振りながら繰り返した。「ここでも二年ほど前に起きました」

「赤痢の？」

「ええ、ええ……。小川に何か入ったんですわ。水遊びをしていた子どもたちが病気になりました」

ドクトルはうなずいた。向かい側に座る女性には、あからさまに彼を興奮させる何かがあった。彼はちらちら彼女を盗み見た。向こうは穏やかに座っており、ドクトルがまるで偶然立ち寄った自分の遠い親戚であるかのように、微笑を浮かべながら彼を見ていた。ドクトルには特段の関心を示さず、セキコフやアヴドーチヤに対するのとまったく同じように話した。

「ここの冬は退屈じゃありませんか？」プラトン・イリイチはたずねた。

「少し退屈ですわね」

「夏はきっと楽しいでしょう？」

「うーん、夏は……」彼女は片手を振った。「夏は大忙しで、てんてこまいです」

「人々が穀物を挽《ひ》きにやって来るのですか？」

「そりゃもう！」

「ほかの製粉所はここから遠いのですか？」

「十二露里ほど離れたデルガチにあります」

「仕事はたくさんあるわけだ」

「仕事はたくさんあります」彼女は繰り返した。

沈黙が訪れた。ドクトルは茶を飲み、粉屋の妻はスカーフの端を指でいじっていた。

「ラジオでも見ましょうか？」彼女が提案した。

「喜んで」ドクトルはにっこりと微笑んだ。

彼は明らかにこの女性と別れて上の階に寝に行きたくなかった。粉屋の妻は受信機に近づき、手編みの覆い布を外すと、黒いリモコンボックスを手に取り、食卓に戻ってランプの芯《しん》をひねり、自分の席に座り、ボックスの赤いボタンを押した。受信機の中でパチッと音がし、右隅に太い字で「1」と書かれた丸いホログラムがその頭上に浮かび上がった。一番目のチャンネルはニュースを放送中で、ジグリの自動車工場の再建や、ジャガイモエンジンで動く新型の一人乗り乗用車のことを伝えていた。粉屋の妻が二番目のチャンネルに替える。そちらでは教会の平日礼拝が流れていた。粉屋の妻は十字を切り、ドクトルを横目で見た。彼は法衣をまとった中年の聖職者や若い副輔祭《ふくほさい》たちを無関心な目で眺めながら座っていた。彼女は受信機を最後のチャンネルに、三番目の娯楽チャンネルに替えた。そこではいつものようにコンサートが延々と続いていた。最初はきらきらの頭飾り《ココーシニク》をつけた二人の美女が黄金の林の歌をデュエットし、次は顔幅の広い陽気な男が出てきて、目配せしたり、舌打ちしたりしながら、落ち着きのない自分の原子姑《しゅうとめ》の陰謀について物語り、粉屋の妻を何度か笑わせたが、ドクトルの方は疲れた様子でふむと言わせただけだった。その後、エニセイ川を航行する汽船「エルマーク」の甲板で、若い男女の長いペレプリャース（踊り手が順番に技を競い合うロシアの民族舞踏）が始まった。

ドクトルはうとうとしだした。

粉屋の妻は受信機を切った。

「お疲れのようですね」と言いながら、彼女は肩からずり落ちたショールを直した。

「私は……ちっとも疲れてなどいません……」ドクトルは朦朧《もうろう》とした意識を払いのけようとしながらつぶやいた。

「お疲れです、お疲れですとも」彼女は腰を上げた。「すっかりまぶたがくっつきそうですわ。それに、あたしも寝る時間ですし」

ドクトルは立ち上がった。寝ぼけていたものの、粉屋の妻と別れる気は微塵もなかった。

「外で煙草を吸ってきます」彼は鼻眼鏡を外して鼻梁を擦り、むくんだ目でまばたきした。

「行ってらっしゃい。あたしの方で全部整えておきますわ」

粉屋の妻はスカートの衣擦れをさせながら出ていった。

『上に行くのか……』そう考えると、ドクトルの胸はどきどきしはじめた。

彼は二つのいびきを耳にした。一つは弱々しいセキコフのいびきで、暖炉の方から聞こえてくる。もう一つはカーテンの向こうからで、キリギリスの鳴き声を思わせる。

『夫は眠っている……沼にはまった酔っ払い……いや、はまったのは水か……水にはまった酔っ払い！　池にはまった酔っ払い！』

ドクトルは笑いだし、煙草を取り出して火をつけると、居間を出た。闇の中で何かにぶつかりながら冷たく暗い玄関部屋を通り、苦労して庭への扉を見つけると、閂を引いて外へ出た。

降雪はやみ、風が吹き、空は晴れ、暗い雲の塊の間から月が照っていた。

「おさまったぞ」ドクトルは煙草の煙を吸い込みながら言った。

『今から出発することもできたな』彼は降り積もった雪をざくざくいわせながら庭の真ん中に出た。

しかし、胸は高鳴り、渇望する熱い血潮の脈動を伝えていた。

『いや、どこにも行かないぞ……』

「明日だ!」彼はきっぱりと言い、煙草を歯にくわえて薪の山に近づき、用を足した。

畜舎で犬が唸りだした。

ドクトルはさっと煙草を吸い終え、雪の中に投げ捨てた。

『彼女は普段カーテンの向こうのベッドで夫と寝る。ほかにどこで寝るというのだ? 大柄で肌の白い彼女が眠り、その横ではまるで子どもの人形みたいな夫が……』

彼はたたずみながら、気分をさっぱりさせてくれる冷たく爽やかな風を吸い込み、流れゆく雲の間に輝く星を見上げていた。月が顔を覗かせ、庭を照らした。薪の山、畜舎、雪の帽子をかぶった干し草置き場が、降りたての新雪の上で、無数の雪片の中で輝きだした。そしてこの雪に埋もれた庭は、かつて人々がこれらの建物を建てるために削って打ちつけた冷たい木材の静謐《せいひつ》さでもって、プラトン・イリイチの欲望を強めた。暖炉の中で輝かしく死ぬことを運命づけられている数百本もの凍りついた白樺の薪が積み上がったこの不動の山は、あたかも全身で彼にこう語りかけているかのようだった。家の中では、温かいものが、生あるものが、心震わすものがお前を待っており、それにこそこの人間界全体が――薪の山も、村も、車も、町も、エピデミックも、飛行機も、列車もすべて――支えられ、従属しているのであり、そんな温かいものが、女の体が、お前の欲望を、お前の接触を待っているのだ、と。

ドクトルの背中を寒気が走り、彼はぶるっと震えて肩を動かし、ため息をついて家の中に入った。玄関部屋を通り、居間の扉を探り当てて開くと、すぐまた薄闇の中に出た。ランプはついていなかったが、台所用テーブルの上に蠟燭が灯っていた。

「上の階に寝床を敷いてあります」粉屋の妻の声がした。「おやすみなさい」

声から察するに、彼女はすでにカーテンの向こうのベッドで寝ているようだった。セキコフと粉屋は相変わらずいびきをかいていた。このいびきに今度はさらに本物のコオロギの鳴き声がまざり、粉屋と面白おかしく鳴き交わしていた。

ドクトルは途方に暮れてため息をついた。彼はここに残るための口実を見つけるために粉屋の妻に何かたずねようとしたが、ふと、それがいかに愚かしく見えるか、そしてそもそも、この急な考え全体がいかに愚かだったかを悟った。ドクトルは恥ずかしくなった。

『馬鹿め!』と彼は自分を罵《ののし》り、そして言った。

「おやすみなさい」

「階段に足をぶつけないよう、足元を照らしてくださいね」

ドクトルは黙ってテーブルから蠟燭を取り、上の階へ向かった。階段は玄関部屋から二階の小部屋へと続いており、階段は狭く、ドクトルのブーツの下でみしみしと軋んだ。

『愚か者……平凡な愚か者……』彼は自分を罵った。

二階には二つ部屋があった。一つ目の部屋には、編み籠や長持や行李《こうり》が置いてあり、タマネギやニンニクの三つ編み、糸に通した乾燥ナシが吊るしてあった。部屋に立ち籠める庭のにおいが落ち着きを与えた。ドクトルはこの部屋を通り、その奥の半開きの扉をくぐり、暗い小窓やベッド、小卓、椅子、小《こ》箪笥《だんす》などがある小部屋に出た。ベッドは整えられていた。

ドクトルは小卓に蠟燭を置き、扉を少し閉めて服を脱ぎはじめた。

『さあ寝る時間だ、仔牛は眠った（ソ連の詩人、アグニヤ・バルトーの詩「象」の一節）……』彼は窓敷居に置かれた素焼きの牛に気づいて思い出した。『奇妙な家族だ……あるいは、奇妙なんてことはなく、現代ではごくありふれた家族なのかもしれん。裕福に、何不足なく暮らしている……もう長いのかな？　彼女は何歳なのだろう……三十？』

彼は粉屋の妻の落ち着いた手を、小指にはめた指ぬきを、褐色の目の眼差しを思い出した。

「こんばんは《グーテン・アーベント》、きれいな粉屋の妻よ《シェーネ・ミューレリン》……」彼はシャツを脱ぎながら、ナジーンの好きなシューベルトの曲を思い出して言った。

『決して原則を放棄してはならない。男を下げたり、チェスにあるような強《し》いられた手を打ったりしてはならない。強いられて生きてはならない——一時しのぎは仕事だけで十分だ。人生は選択の機会を与えてくれる。自分本来のものを、意志の弱さゆえに後々羞恥《しゅうち》の念にさいなまれなくてすむようなものを選ばなければならない。選択の余地がないのはエピデミックだけだ』

肌着だけになると、彼は鼻眼鏡を外して小卓に置き、蠟燭を吹き消し、冷たい寝床に潜り込んだ。例のごとく二階はひんやりしていた。

『しっかり寝ないと……』ドクトルは毛布をぴったり鼻のところまでかぶった。『明日は早く出発せねばならない。できるだけ早く』

扉が静かにノックされた。

「はい？」ドクトルは頭を上げた。

扉が開き、燃える蠟燭が見えた。ドクトルは小卓から鼻眼鏡を取って目に当てた。裸足で音もなく部屋に入ってきたのは粉屋の妻で、長い白のネグリジェを身につけ、肩にカラフルなショールを羽織っていた。燃える蠟燭と柄《え》つきコップを手にしている。

「ごめんなさい、夜用のお水を置いておくのを忘れていました。うちのハムはかなりしょっぱいので、夜中に喉が渇くでしょう」

彼女は身を屈め、小卓にコップを置いた。その瞬間、ほどけた髪が肩から胸に落ちた。彼女とドクトルの目が合った。彼女の顔は相変わらず穏やかだった。彼女は蠟燭の火を吹き消し、背筋を伸ばした。そして、そのまままたたずんでいた。

ドクトルは鼻眼鏡を小卓に放ったかと思うと、ぱっと毛布をはねのけて起き上がり、温かくて柔らかい彼女の大きな体を抱きしめた。

「あら……」彼女は彼の肩に両手を置きながら吐息を漏らした。

彼は女の体をベッドの方へ引っ張った。

「扉を閉めます……」そう彼女が耳にささやいたので、彼の心臓は早鐘を打ちはじめた。

しかし、彼は決して彼女を放そうとはしなかった。女の体に密着しながら、唇を首に押しつけた。女からは汗とウォッカとラベンダーオイルのにおいがした。彼はネグリジェを一気にまくり上げ、尻を鷲《わし》づかみにした。尻はすべすべで、大きくて、ひんやりしていた。

「あぁ……」と彼女はささやいた。

ドクトルは彼女をベッドに押し倒し、身を震わせながら、自分の肌着をはぎ取ろうとした。しかし、肌着も手もいうことをきかなかった。

「くそ……」ぐいと引っ張ったせいでボタンが弾け飛び、床を転がった。

憎むべき肌着のズボンの片方を足からはぎ取ると、彼は女の上に倒れ、彼女のふくよかですべすべした脚を自分の脚で乱暴に開きだした。女の脚はおとなしく開き、膝が曲がった。そして一瞬の後、身を震わせ、あえぎながら、彼は自分に委ねられたこの大きな体の中に入った。

「あぁ……」彼女は呻きながら吐息を漏らし、彼を抱きしめた。

彼は、食卓でうっとり眺めたふくよかなで肩をつかみ、何度か痙攣《けいれん》的《てき》な動きを繰り返すと、もはや自制は利《き》かなかった。精液がこの大きな体の中にほとばしった。

「いい子ね……」彼女は落ち着かせるように彼の頭を自分の体に押しつけた。

しかし彼は落ち着くことができず、またそうすることを望まず、あたかもこのするりと逃れ去る待望の体に追いつこうとするかのように、彼女を抱きしめて動きだした。女の脚はさらに大きく開いて彼を受け入れ、温かい手がドクトルの背中を滑り落ち、彼の尻の上に置かれた。ドクトルは両手で女を抱きかかえ、指を食い込ませて激しく動いた。彼の尻がぶるぶる震え、動きに合わせて収縮した。女の手は、まるで落ち着かせようとするかのように、彼の尻をそっと弱く押さえた。ドクトルは騒々しく女の首に息を吹きかけ、彼の頭は震えていた。

「いい子ね……」

女の手は彼の尻を押さえながら、収縮する筋肉の狂暴さを感じ取った。

「いい子ね……」

手は落ち着かせ、一つ一つの動きでこう語りかけるかのようだった。急がなくていいの、あたしはもうどこにも行かないから、今夜あたしはあなたのもの。

そして彼はこの手の言葉を聞き取り、痙攣は体を去り、彼はよりゆっくりと、よりリズミカルに動きだした。女は左手で男の熱い頭を持ち上げ、自分の唇を彼のからからに乾いた開いた唇に押し当てた。だが、そのキスに応える力は彼にはなかった。彼の口は、貪るように、断続的に呼吸していた。

「いい子ね」彼女はこの口の中に吐息を漏らした。

彼女をものにしたドクトルは、快感を引き伸ばそうとしながら、柔らかい女の手に従った。体は彼に応え、大きな太腿が動きに合わせて彼の脚を締めつけては開き、締めつけては開いた。大きな胸が彼を揺らした。

「いい子ね」女は再び彼の口の中に吐息を漏らした。

そして、この吐息が彼を正気に戻したかのようだった。彼は女のキスに応え、二枚の舌が熱い身体の暗闇の中で出会った。

二人はキスした。

彼女の手は撫で、落ち着かせた。男がじっくり愉《たの》しもうとしているのを悟って、女は彼にまるごと身を委ねた。彼女の揺れる大きな胸の中で呻き声が生じた。そして彼女は無力になることをみずからに許した。彼女の胸と太腿が震えだした。

「いい子だから、あたしをかき回して……」と女は彼の頬にささやき、両腕で抱きしめた。

彼は女の体の上を泳ぎ、その波にひたすら運ばれてゆき、それには果てがないように思えた。しかし、波はにわかに高まりながら力をたくわえ、彼は自分の無力さを悟り、体は期待にうち震えた。女の手が再び彼の尻に置かれたが、もはや優しさはなく、高圧的にぎゅうと締めつけ、押さえつけ、指を食い込ませた。これらの指に五つの指ぬきがはまっているように思えた。

唸り声を上げながら、彼はこの波の中にぶちまけた。

女は彼の下で呻きだし、大声で叫んだ。彼はその上で身を横たえながら、彼女の首に向かって苦しげに息をしていた。

「熱い……」と彼女はささやき、彼の頭を撫でた。

呼吸が落ち着いたドクトルは、寝返りを打って頭を上げた。

「強い……」と彼女は言った。

彼はベッドの端に座り、暗闇の中で粉屋の妻を見た。彼女の体はベッド全体を占領していた。

ドクトルは彼女の胸に片手を置いた。彼女はすぐさまその手を両の手のひらで覆った。

「お水を飲んでください」

ドクトルは思い出してコップをつかみ、水をがぶがぶ飲み干した。月が雲間に顔を出し、月明かりが小窓に射し込んだ。物がよく見えるようになり、ドクトルは鼻眼鏡を掛けた。粉屋の妻はふくよかな両手を頭の下に置いて寝そべっていた。ドクトルは立ち上がり、ズボンの中を手探りしてシガレットケースとマッチを取り出し、火をつけると、再びベッドの端に座った。

「来るとは思わなかった」彼はかすれた声で言った。

「でも、来てほしかった？」彼女はにっこり微笑んだ。

「来てほしかった」彼は何やら命運尽きたようにうなずいた。

「私も行きたかった」

二人は黙って見つめ合った。ドクトルは紫煙をくゆらせ、煙草の火が鼻眼鏡に反射していた。

「私にも吸わせてくださいな」彼女が頼んだ。

彼は煙草を渡した。彼女は煙を深々と吸い込んでため、そっと吐き出していった。ドクトルは彼女を眺めていた。そしてふと、彼女と話す気がすっかり失せていることがわかった。

「独身でいらっしゃるの？」彼女は煙草を返しながらたずねた。

「わかりますか？」

「ええ」

彼は自分の胸をぽりぽり掻いた。

「妻とは三年前に別れました」

「捨てたんですの？」

「捨てられたのです」

「あらまあ」と彼女は敬意を込めた声で言い、ため息をついた。

沈黙が訪れた。

「お子さんはいらしたの？」

「いえ」

「どうして？」

「妻は子どもができなかったのです」

「あらまあ。あたしは産んだけど、亡くなりました」

再び沈黙が訪れた。

そして、この沈黙はひどく長引いた。

粉屋の妻は深々と息を吐いて起き上がり、ベッドの上に座った。ドクトルの肩に手を置く。

「もう行きます」

ドクトルは黙っていた。

彼女がベッドの上で体の向きを変えはじめたので、ドクトルは場所を空けた。彼女はふくよかな足を床に下ろして立ち上がり、ネグリジェの乱れを直した。

ドクトルは火の消えた煙草を口にくわえたまま座っていた。

粉屋の妻が扉の方へ一歩踏み出した。彼はその手をつかんだ。

「待って」

彼女はしばらくたたずんでいたが、それからベッドに腰を下ろした。

「もう少しいてほしい」

彼女は髪の房を顔から払いのけた。月が隠れ、部屋は闇へと沈んだ。ドクトルは粉屋の妻を抱いた。女は彼の頬を撫ではじめた。

「奥さんがいないと面倒じゃありません？」

「慣れました」

「いい女の人に出会えますように」

彼はうなずいた。女は彼の頬を撫でている。ドクトルは彼女の手を取り、汗ばんだ手のひらにキスした。

「帰りにうちへ寄ってくださいな」彼女はささやいた。

「それはできません」

「ほかの道を行きなさるの？」

彼はうなずいた。彼女は近づき、胸を軽く押し当ててから、頬にキスした。

「もう行きます。夫が怒るので」

「眠っているじゃありませんか」

「あたしがいないと寒くて眠れないんです。体が冷えると、目が覚めて泣きだすんですのよ」

彼女は立ち上がった。

ドクトルはこれ以上彼女を引き留めようとはしなかった。闇の中でネグリジェが衣擦れを立て、扉がぎいっと閉まり、裸足の下で階段が軋む。ドクトルは煙草を取り出して火をつけ、立ち上がり、小窓に近づいた。
「こんばんは、《グーテン・アーベント》きれいな粉屋の妻よ《シェーネ・ミューレリン》……」そう言いながら、彼は雪原の頭上に垂れ下がる暗い夜空を眺めた。
一服すると、窓敷居で煙草を揉み消し、ベッドに横たわり、夢なき深い眠りに落ちた。

この間、セキコフもぐっすり眠っていた。彼は、温かい暖炉の上によじ登り、頭の下に薪を置き、つぎはぎの毛布をかぶるやいなや、早々に寝入ったのだった。粉屋の妻と話している鼻の大きなドクトルの力強い声を夢現《ゆめうつつ》に聞きながら、亡父が六歳のコジマに定期市から持ち帰ったおもちゃの象のことを思い出した。その象は歩き、鼻を振り、耳を叩き、英語の歌を歌うことができた。

ラヴ・ミー・テンダー、ラヴ・ミー・スウィート
ネヴァー・レット・ミー・ゴー
ユー・ハヴ・メイド・マイ・ライフ・コンプリート
アンド・アイ・ラヴ・ユー・ソー

象の後には、酔った粉屋がくどくど言ったあの例の馬のことを思い出した。馬は、リューミンという商人の今は亡き馬丁、ヴァヴィーラから任されたものだった。それはポクロフスコエで開かれた市での出来事だった。コジマはまだ結婚していなかったが、すでに「セキコフ」の名で通っていた。ヴァヴィーラは一歳の牡馬を売ろうと、朝一番から市で馬を連れ歩き、中国人やロマたちと駆け引きをしたものの、売れずじまいで悔しい思いをした。そして、「飯食って糞しに」行ってくると言い、コジマに馬を見ていてくれと頼んだ。駄賃に五コペイカ渡した。コジマは、馬具職人の屋台が始まる手前の柳の木の傍らで馬と並んで突っ立ち、ひまわりの種をかじっていた。と、フリュピノの映画屋たちがそこに二台の受信機を並べ、それらの間にイルカの生きた絵を広げた。絵はただ生きているだけでなく、触れるものだった。イルカたちは一方から他方の受信機へと泳いで渡り、それに触ることができるのだ。最初は子どもたちが、次いで大人の男女が、イルカに触りにやって来た。セキコフは馬を柳の木につなぐと、人混みに入り、手を伸ばしてイルカに触った。実に気に入った。イルカはすべすべで、ひんやりしていて、愛想よくピィピィ鳴いた。海も温かくて気持ちよかった。人混みをかき分けて進み、セキコフは海中へじかに胸までつかり、ぺたぺた触りはじめた。イルカたちは一方の受信機から浮かんできて、他方の受信機へと泳いでいく。セキコフは彼らの背中や腹に触り、押さえようとして両手でつかんだ。しかし彼らはすばしっこく、彼の手をすり抜けた。それは実に気持ちよく、彼はたちまちイルカたちが好きになった。そして映画屋が絵を消し、帽子を手に群衆の間を回りはじめると、セキコフは躊躇《ちゅうちょ》せず帽子の中に五コペイカを投げ込んだ。その後、馬のことを思い出して柳の木のところへ戻ったところ、馬は跡形もなく消えていた。あのとき、ヴァヴィーラはセキコフを市中追いかけ回し、何度か彼をしたたかに殴ったものだ。商人のリューミンはヴァヴィーラを馘《くび》にした。馬の方はついぞ見つからなかった。


ドクトルはセキコフの声で目覚めた。

「旦那、時間です」

「何だ？」ドクトルは目を閉じたままむにゃむにゃ言った。

「夜が明けましただ」

「もう少し寝かせろ」

「旦那が起こせとおっしゃったもんで」

「失せろ」

セキコフは立ち去った。

二時間後、粉屋の妻が二階に上がってきて、ドクトルの肩に触れた。

「時間ですよ、ドクトル」

「え？」ドクトルは目を閉じたままつぶやいた。

「もう十一時ですわ」

「十一時？」彼はわずかに目を開け、寝返りを打った。

「もう起きる時間ですわ」彼女はにこにこしながら彼を見ている。

ドクトルは小卓に置いた鼻眼鏡を手探りでつかみ、憔悴《しょうすい》した顔に当て、目を向けた。粉屋の妻が彼の上に覆いかぶさっていた。大きな体に、上等な装い。毛皮の上着、首には胎生真珠のネックレス、頭に巻きつけたお下げ髪、満足げに微笑む顔。

「十一時とはどういうことです？」ドクトルは昨夜の出来事を残らず思い出し、今度はもっと穏やかにたずねた。

「お茶にしましょう」彼女はそう言って彼の手首を握ると、振り向き、昨夜と同じ青いロングスカートの衣擦れをさせながら扉の向こうへと姿を消した。

「くそ……」ドクトルは起き上がり、自分の時計を見つけて目を向けた。「本当だ……」

彼は窓の外を見た。昼の光が射し込んでいた。

「あの馬鹿が起こさなかったのだ」ドクトルはカササギ頭のセキコフのことを思い出した。

彼はさっと着替え、階段を降りた。居間はにぎやかだった。アヴドーチヤは焚いたばかりのロシア式暖炉の中に大きな鍋を鍋つかみを使って押し込み、彼女の夫は隅の長椅子で何かを作っており、離れた食卓には粉屋の妻が一人で座っている。ドクトルは暖炉の右側隅にある洗面台に近づくと、冷たい水で顔を洗い、粉屋の妻が彼のために特別に掛けてくれていた新しいタオルで拭いた。眼鏡も拭き、小さな円鏡に映った自分の顔を見やり、頬に生えてきた無精ひげに触った。

「ううむ……」

「ドクトル、お茶をお飲みください」粉屋の妻の力強い声が居間に響いた。

プラトン・イリイチはそちらに近づいた。

「おはようございます」

「どうもおはようございます」彼女はにっこりと微笑んだ。

ドクトルはイコンの棚に向かって十字を切り、食卓に着いた。食卓には相変わらず小型のサモワールが置いてあり、皿には相変わらずハムが盛られていた。

粉屋の妻はピョートル大帝の肖像画が描かれた大きなカップに紅茶を注ぎ、たずねもせず砂糖を二かけら入れた。

「私の御者はいったいどこに？」ドクトルは彼女の手を眺めながらたずねた。

「向こう側です。もうとっくに起きていましたよ」

「どうして私を起こさなかったのでしょう？」

「さあ」彼女は満足げに微笑んだ。「あつあつのブリヌイ（ロシア風クレープ）はいかが？」

ドクトルは食卓に焼きたてのブリヌイが山盛りになっているのに気づいた。

「喜んで」

「つけるのは、ジャムか、蜂蜜か、それともサワークリームにします？」

「では……蜂蜜を」

彼は顔をしかめた。今この女性と話すのは気まずかった。

『とんだお芝居だ……』そう考えながら紅茶をすする。

「天気はどうです？」彼は窓に目を向けた。

「昨日よりよくなりましたわ」粉屋の妻は彼の目を見つめながら答えた。

『強い女だな……』と彼は考え、小さな夫のことを思い出して居間の中を目で探した。

粉屋はどこにもいなかった。

「主人はまだ寝ています」彼女はドクトルの考えを読んだかのように答えた。「二日酔いですわ。どうぞ召し上がれ」

そう言って彼の皿にブリヌイを盛り、蜂蜜のカップを脇へ寄せた。ドクトルは温かくて美味しいブリヌイを食べはじめた。セキコフが居間に入ってきて、扉の前で足を止めた。旅装で、手には自分の耳当て帽を握っている。

「英雄のお出ましか……」ドクトルはブリヌイを一切れ呑み込みながら不満げにつぶやき、ほとんど叫ぶような声で言った。

「どうして起こさなかった?!」

セキコフは鳥のような笑みを浮かべた。

「起こさなかったとはどういうことで？　明るくなって、すぐ旦那のとこへ行きましただ」

「ほう？」

「ドクトル、出かける時間ですよ、って言ったんですが、旦那がもう少し寝かせろとおっしゃるもんで」

粉屋の妻は自分の小皿に紅茶を注ぎながらぷっと吹き出した。

「そんなことはあり得ん！」ドクトルは食卓を拳で叩いた。

「神様が証人でさ」セキコフはイコンに向かって帽子を振った。

「さぞかし気持ちよくお眠りだったのでしょう」粉屋の妻は小皿にふうと息を吹きかけた。

ドクトルは彼女の満足げな目と出会い、味方を求めるように居間にいるほかの人々を見やった。しかし、アヴドーチヤは昨夜のことはすべて承知だという様子で暖炉の前で忙しくしており、隅に座っている夫の方も何やら曖昧《あいまい》な笑みを浮かべている――ドクトルにはそんな風に見えた。

『まさか知ってるのか？　まあ、こいつらのことなど知ったことか……』

「揺り起こしてくれればよかったのに！」彼はこれからまだこの男と一緒にドルゴエへ行かねばならないことを悟り、すでに先ほどより物柔らかな声でセキコフに言った。

「眠ってる人を邪魔することはできねえです。とても気の毒で」セキコフは腹の上で自分の帽子を両手で握りながら突っ立っていた。

「もちろん、気の毒ですわ」粉屋の妻は目で笑いながら紅茶をすすっている。

「車の方はどうだ？」ドクトルは話題を変えた。

「直しましただ。これでたどり着けます」

「お宅に電話はありませんか？」ドクトルは粉屋の妻にたずねた。

「ございます。でも、冬の間は使えません」彼女は小皿に砂糖のかけらを浸し、口に入れた。

「けっこう、お茶を飲んだら出かける」とドクトルはセキコフに言ったが、それはまるで彼を居間から追い立てるような口調だった。

セキコフは黙って出ていった。

ドクトルはブリヌイを紅茶で流し込みながら食べ終えにかかった。

「どうか教えてくださいまし、あの例の黒い病ですが、あれはどこから来たんですの？」粉屋の妻は口の中で砂糖のかけらを転がし、大きな音を立てて紅茶をすすりながら話した。

「ボリビアからです」ドクトルは憎悪を込めてつぶやいた。

「そんな遠くから？　どうして？　誰かが持ち込んだんですの？」

「持ち込まれたのです」

彼女は頭を振った。

「なんとまあ。ところで、どうやってやつらは冬に墓から起き上がるんですの？　だって、地面は凍っているでしょう？」

「ウイルスが人体を変容させ、筋肉を著しく強化するのです」ドクトルは目をそらしながらつぶやいた。

「奥さま、やつらの爪は熊みてえに伸びるんですよ！」使用人が急に大声で話しだした。「ラジオで見ました。地面だろうが、床だろうが、モグラみてえに這っていくんです。這っていって、人を引き裂いちまうんです！」

アヴドーチヤは十字を切った。

粉屋の妻は小皿を食卓に置いてため息をつき、同じく十字を切った。彼女の顔は真剣になり、たちまち重苦しくなり、魅力を失った。

「ドクトル、あちらではどうかお気をつけて」

プラトン・イリイチはうなずいた。紅茶を飲んだせいで鼻が赤らんでいた。彼はハンカチを取り出して唇を拭いた。

「やつらはひどく凶悪です」使用人は頭を振る。

「主は慈悲深くあらせられるわ」粉屋の妻は胸を揺らした。

「そろそろ行きます」ドクトルは拳を握り、腰を上げながら言った。「泊めていただき感謝します」

そして軽く頭を下げた。

「またいつでもどうぞ」粉屋の妻は立ち上がって彼に一礼した。

ドクトルがハンガーに近づくと、アヴドーチヤは少しぎこちない手つきで彼が上着を着るのを手伝った。粉屋の妻が近づいてきて、胸の上で腕組みをしながら隣にたたずんでいた。

「では、これで」ドクトルは毛皮帽をかぶりながら彼女に会釈した。

「さようなら」彼女は頭を下げた。

彼は庭に出た。そこにはすでに車が止まっており、セキコフが手綱を握って座っていた。開放型の畜舎で誰かが忙しくしており、門は開け放たれていた。

ドクトルは空を見上げた。曇天で風はあるが、雪は降っていない。

「ありがたい……」ドクトルはシガレットケースを取り出して煙草に火をつけ、席に乗り込んだ。

セキコフは彼が膝掛けにくるまってホックを留めるのを待ってから、唇をチュッと鳴らし、手綱を引っ張った。閉じたボンネットの中では早くも、ドクトルがよく知る小さな蹄のコツコツいう音や鼻息がしていた。車が発進し、セキコフは梶棒を握った。

「道はわかるのか？」ドクトルは爽やかな煙草の煙を気持ちよさそうに吸い込みながらたずねた。

「そこは一本道でさ」

　車は滑り木をきいきい軋ませながら庭を出た。

「あとどのくらいだ？」ドクトルは思い出そうとした。

「九露里くらいでさ。新森《ノーヴィ・リエース》を過ぎれば、その後は旧ポサードで、その後は野原です。赤ん坊でもたどり着けまさあ」

「道中ご無事で！」聞き覚えのある女の声がした。

　表階段に粉屋の妻がたたずんでいた。

　ドクトルは黙って自分の帽子を傾けたが、何となく恰好《かっこう》がつかなかった。セキコフの方はにっこりして手を振りだした。

「さいなら、マルコヴナ！」

　粉屋の妻は眉をひそめて彼らを見送っていた。

『やはり興味深い女だな……』ドクトルは思った。『何もかもあっという間だった……しかし、私はああなることを望んでいたのか？　そうとも、望んでいた。悔やむことなどない……』

「粉屋の奥さんはいい人ですだ」セキコフはにこにこしている。

　ドクトルはうなずいた。

「運がいいんでしょうな」セキコフはいつものように帽子を額からずらしながら意見を口にした。

「よく言うように、『運がいいやつのところにゃ、雄鶏まで卵を産む』ってわけで。ほら、旦那、よくあるでしょう。ある男は善良で思いやりもあるけど、女運はねえ。別の男は酒飲みで口も悪いのに、立派な奥さんがいる、ってなことが」

「あの酔っ払いの粉屋はどうやって奥さんをものにしたのだろう?」

「やつも運がよかったんでさ」

「何か、天から奥さんが降ってきたとでも?」

「天からか天からじゃねえかはともかく、やつの親父さんも小人で、徴税請負で財を成しました。それであの製粉所を買い取って、息子に任せた、ってなわけで」

ドクトルの方はこの話に何も反論することがなく、それに、今朝から何となくセキコフと話す気がしなかった。

「仕事は全部マルコヴナが切り盛りしてて、やつはみんなを怒鳴りつけるだけでさ」

「どうでもいい……」ドクトルは会話を終わらせた。

柳の木立や干し草の山を通り過ぎ、昨晩壊れた車を押して歩いた川岸を走った。車は軽やかによく走り、踏み固められていない新雪が滑り木の下でさらさらとかすかな音を立てた。間もなく例の橋が見えてきた。セキコフは左側を進み、道路へ折れた。道路は雪に覆われていたものの、十分見分けることができた。

「ほら、おいらたちの後は誰も通らなかったようですぜ!」セキコフは道路の方を顎で指し示した。「みんな、吹雪から身を隠してるんでさ!」

「通ったが、雪に覆われただけかもしれんぞ」

「そうは見えねえですが」

車は軽快に道路を疾走した。周囲はひたすら茂み、茂み、茂みだった。追い風に助けられた。

『ジリベルシティンは私のことを呪っているだろうな。だが、どうすればいい？ ここでは電話すらできないのだ。冬の間は使えないだと！ 馬鹿げた話だ！ 九、いや、もう八露里。ほとんど隣みたいなものだ……すぐに接種を行う、遅延などたいしたことではない……』

行く手に白樺林が見えてきた。

「そら、もっと速く！」セキコフは唇をチュッと鳴らし、口笛を吹いた。「はや、く！ はや、く！」

馬たちはおとなしくスピードを上げた。

全速力で林に入った。白樺の幹が道路を取り囲んでいる。

「素晴らしい林だな」ドクトルはつぶやいた。

「え？」セキコフが振り向く。

「素晴らしい林だな、と言ったんだ」

「素晴らしいです。ただし、伐ってやらねえと」

ドクトルは薄笑いを浮かべた。

「なぜ伐る？ 今のままで美しいのに」

「美しいです」セキコフは同意した。「でも、長くはもたねえです。どのみち伐られます」

雪が降りはじめた。最初はまばらだったが、林を抜けると密で大粒の雪へと変わった。

「降ってきやがった！」セキコフは笑いだした。

道路は野を通っていたが、道標は一つもなく、滑り木の跡もなかった。行く手に広がる野は雪嵐にまぎれ、ただ雪の下から伸びすぎた草やまばらな茂みが突き出ているばかりだった。

半露里ほど進んだところで道を外れ、車が深い雪に突っ込んだ。

「どうどう！」セキコフは手綱を引いた。

馬たちが止まった。

「道路を見てきますだ……」セキコフは降り、鞭をつかんで後ろへ向かった。

ドクトルはひとり車内に残った。綿雪が降りしきっており、それまでの静けさが嘘《うそ》のようだった。馬たちはボンネットの中で蹄をコツコツ鳴らしながら、時折鼻息を立てている。

十分ほどして、セキコフが戻ってきた。

「見つけましただ！」

彼は車の向きを変え、自分の足跡に沿って動かし、自分はその隣で深い雪の中を伸び伸びと歩いた。

道路に出た。もっとも、ドクトルはこれが道路だなどとは決して言わなかっただろう。セキコフだけが雪原の中でそれを見分けることができた。

「旦那、ゆっくりと参りましょう、さもねえとまた道を外れちまいます！」セキコフは顔の雪を拭いながら叫んだ。

「必要ならそうしろ。滑り木の方はどうだ？」

「今のところもっております。釘で留めたんで」

ドクトルはわかったと言うようにうなずいた。

ゆっくりと道路を走る。セキコフは行く手に目を凝らしながら操縦した。雪は降りしきり、風は強まって顔に吹きつけ、乗客も御者も身をかばわなければならなかった。

ドクトルは襟を立て、目元まで膝掛けにくるまって座っていた。だが、雪は目や鼻眼鏡の下にまで入ってきて、鼻をふさごうとした。

『いまいましい……道路に道標を立てていないではないか……よく考えたら裁判沙汰だぞ……誰も必要としていないのだ……道路局も、森林監視人も、パトロール隊員も……秋の間に荷馬車一台分の道標を用意して、せめて半露里ごとにでも打ち込む——これより簡単なことがあるか？無論、冬場に人々が安心して往来するにはもっと間隔を狭めた方がいいが……これは醜態だ……まごうかたなき醜態だ……』

行く手には果てしない野が目路の限り広がっており、それはあたかも、この地上にはそれ以外のものは何一つ、この貧相な茂みや雑草の先っちょ以外のものは何一つ残っていないかのようだった。

「旧ポサードまでたどり着けば、後は楽に行けますだ！」セキコフが叫んだ。

『どうやって道路を見分けているのだろう？』ドクトルは吹雪から身を隠しながら驚いた。『おそらく、職業的な勘というやつなのだろうか……』

だが、じきにまた道を外れた。

「ああ、こんにゃろ……」セキコフは下車した。

そして再び、鞭を雪に突き刺しながら後ろに向かった。座っているドクトルは雪だるまよろしく吹雪に埋もれ、ただ眼鏡と鼻から雪を払い落としていた。

セキコフがなかなか姿を見せないので、旅行鞄の片方に入っている拳銃を空に向けて撃つべきではないかと、ドクトルはすでに三回も考えたほどだった。

セキコフはすっかり疲労困憊した様子で戻ってきた。短い毛皮コートは胸のところが開き、顔は紅潮していた。

「どうだ、見つかったか?」ドクトルは身じろぎし、雪の塊を体から払い落としながらたずねた。

「見つけましただ」セキコフはぜえぜえ息をしている。「危うくてめえが迷うところでした。何にも見えねえんで……」

彼は車から雪をすくうと、パクッとくわえ、口をもぐもぐ動かしはじめた。

「それで、どうやって進む?」

「ゆっくりとですな、旦那。うまいことポサードまでたどり着けりゃいいんですが。あっちの方は道が広くて平らなんで」

セキコフは唇をチュッと鳴らした。馬たちがしぶしぶ蹄で駆動ベルトを擦りだした。車は動かなかった。

「やい、どうした? 粉屋の家で食いすぎたか?」セキコフが彼らを叱る。

車がほんの少し動いた。

ドクトルは降り、かっとしてボンネットを拳で叩いた。

「走れ！」

馬たちが鼻息を立て、粕毛が甲高い声でいななきはじめた。そして、ほかの馬たちもいななきはじめた。

「脅かす必要はねえです」セキコフは不満げに言った。「おかげさんで、こいつらは脅かされたりしてねえんで」

彼は手綱を引っ張り上げ、唇をチュッと鳴らした。

「そら、そら、そら……」

車はやっとのことで動きだし、セキコフは梶棒を握りながら、もう片方の手をボンネットに突っ張って押した。ドクトルは車の背面に体をもたせかけた。

車は走った。セキコフは操縦したが、すぐに停車させ、顔を拭った。

「何にも見えねえ……旦那、おいらの足跡をたどって先に行ってくれませんか。さもねえと、どっちへ行けばいいのかわからねえんで」

ドクトルはセキコフが残した足跡をたどって前へ進んだ。雪がさっと足跡を消し、風がドクトルの顔に吹きつける。足跡はまっすぐ延びていたが、その後で右にそれだし、ぐるりと円を描いているように思えた。

「コジマ！　足跡が後戻りしているぞ！」ドクトルは風から身をかばいながら叫んだ。

「それはおいらが迷ったんでさ！」セキコフは叫びだした。「左の方へまっすぐ進んでくだせえ！」

ドクトルが左へ進んだところ、突然、雪の中に腰まで埋まってしまった。雪の詰まった穴の中で彼は悪態をつき、ああと叫びながら体を回しはじめた。すんでのところで車が衝突するところだった。セキコフは馬たちを止め、ドクトルが抜け出すのを手伝った。

「よくもまあ……いまいましい……」ドクトルはぶつぶつ言った。

風は、二人をあざ笑うかのように、雪を放り投げながらいっそう強く吹きはじめた。

「まったく……」ドクトルはセキコフに寄り掛かりながら立ち上がった。

「悪魔が雪穴に突き落としたんでさ！」セキコフは彼の耳に向かって叫んだ。「足跡が消されねえうちに早くまいりましょう！　そこに、前にあります！」

ドクトルは足を高く上げて雪の中から引き抜きながら、決然と前へ歩きだした。車がその後に続く。

雪が貼りついた鼻眼鏡越しに目を凝らしながら、ドクトルは歩いた。本当に疲れてきて、着ている裾長のオーバーが一プード（ロシアの旧重量単位で、一プード＝一六・三八キログラム）の鉄アレイよりも重く思えてきた頃、ついに、ほとんど消えかけた足跡を見つけた。

「足跡があったぞ！」そう叫んだが、雪が口の中に入ってきて、彼は吹雪にお辞儀しながら咳き込みだした。

セキコフは理解し、足跡に沿って車を操縦した。そして間もなく道路に出た。

「ありがてえ！」車が固まった雪の上を走りだすと、セキコフは十字を切った。「乗ってくだせえ、旦那！」

ドクトルは息を切らしながら席にどさっと座り、後ろにもたれたが、膝掛けにくるまる力はなかった。ブーツに雪が詰まり、足が濡れているのを感じたが、身を屈めてブーツを脱ぎ、雪を振り落とす力はなかった。セキコフは彼を膝掛けでくるんでやった。

「ちょいと止まりましょう、馬どもに一息つかせます」

止まった。

辺りでは吹雪が唸っていた。風は車を押すほどに力をたくわえ、押された車は、まるで生きているかのように揺れて震えた。だがその代わり、風は路上の雪を吹き払い、おかげで道路が見えるようになった。表面は平らで、踏み固められている。

ドクトルは一服したかったが、愛《いと》しのかわいいシガレットケースをポケットから取り出す力はなかった。蒼ざめた鼻を帽子と襟の間に突っ込んだまま不動の姿勢で座り、この未開の空間を、びゅうびゅう唸る敵対的な周囲の白い空間を、一刻も早く乗り越えたいと全身全霊で願った。その空間が彼に求めていることはただ一つ――彼が雪だまりと化し、何かを欲することを永久にやめることだった。冬の往診を思い出してみても、自然の力がかくも妨げとなるほどの強い吹雪は記憶になかった。三年ほど前に駅馬で迷ったことがあり、彼と御者は真夜中に焚き火をしたが、その後で荷馬車の列が気づいて助けてくれた。また、一度などは冬にまったく別の村に入り込んでしまい、六露里近く余計に走ったこともある。だが、これほど強い吹雪に遭遇したのは初めてだった。

　セキコフはドクトルに劣らず疲れており、少しうとうとしていた。出発前、自分が帰る頃には家が暖まっているようにと、宿駅の青年に暖炉の煙突を閉めるのを任せたことを思い出した。家は暖まったが、主人はよそさまの家でお泊まりときた。彼は、今朝から暖められていないままの自分の家を、腹を空かせた雄豚のフロムカを思い浮かべ、もし豚が空腹で今朝からブーブー鳴いていたら、前にも何度かあったみたいに、お隣のフョードル・キルパトゥイが気づいて立ち寄り、豚に乾燥飼料《スハーリ》をやっておいてくれるだろうと思った。いつも通り、フロムカのことは心配ない。だが、セキコフが何にも増して腹立たしかったのは、家が暖められていないことだった。今、この暖められていない暗い家の中で、掛け時計がひとり寂しくチクタク時を刻んでいる。あるいは、もう止まっている……そう、止まっている、あのときゼンマイを巻き直してやらなかったのだから、止まっていないはずがない……彼は寒気と居心地の悪さを覚えた。

「おい！」ドクトルが彼の体を突いた。「どうした、眠ったのか？　寝るな、凍死するぞ」

　セキコフは気がついてもぞもぞしだした。寒気がした。

「いや、こりゃその……ちょいと休憩してたんで……」彼は梶棒をつかみ、手綱を引いた。

　馬たちは滑らかな道路を感じ取ったのか、駆り立てるまでもなく走りだした。車が発進した。

　道路はまっすぐで、強風が雪だまりを端に吹き寄せてくれるおかげで、奇跡的に見えるようになっていた。野をかなり素早く軽々と通過すると、道路は下りとなって雪の中へ消えていた。セキコフは下車して隣を歩いた。道路は影も形もなかった。低地はどこもかしこも平らな雪に覆われており、その上では吹雪がびゅうびゅう舞い上がっている。

「くそったれ……」梶棒を握ったまま、セキコフは風を受けてしゃがんだ。

低地には風が吹き荒れ、車がぐらぐら揺れるほどだった。たちまち道を外れ、車は深い雪の中で立ち往生した。ドクトルは車を降り、無言で、質問もせず、雪の上を這うように進みはじめた。すぐに道路を見つけ、足で確かめつつ歩く。セキコフが後について操縦した。

非常にゆっくり、一歩一歩、彼らは前に進みはじめた。ドクトルは歩きながら足を踏み外し、雪に埋もれ、風によろめいたが、道路を見失うことはなかった。低地はどこまでも広がっていた。ふと、前方に迫り来る丘が見えたが、後になってそれは丘ではなく、渦を巻きながら彼らの方へ飛んでくる雪雲らしきものだとわかった。彼はしゃがんだ。まったく見通しの利かない雪嵐が頭上を通り過ぎ、鼻眼鏡は巻き上げられ、紐に吊られて踊りだした。

「主よ、罪深きわれを赦《ゆる》したまえ……」ドクトルは四つん這いになってつぶやいた。

雪嵐が通り過ぎ、ドクトルにはまるで、果てしない大きさの巨大なヘリコプターが飛んでいったように思えた。ボンネットの中の馬たちは怯《おび》えていなきはじめた。セキコフもしゃがんだが、梶棒は放さなかった。

「そこに道路があるぞ！」と彼はセキコフに叫んだ。

しかし、そう言われた方も自分で道路を見つけており、ドクトルに向かって満足げに片手を振った。

「ええ！」

道路にたどり着くと、二人は車に乗り込んで出発した。低地からゆるやかな小丘に出たところで、セキコフが車を急停車させた。前方に分かれ道があった。セキコフはその分かれ道を覚えていなかった。好天なら気づきもせず、ただ皆が向かう方へ行っていたことだろう。ところが今、決断が必要だった。どちらへ行くか。右か、左か。

『旧ポサードは林から二露里くれえだ』セキコフは汗と雪で濡れた額から帽子をずらして考えた。『それじゃ、ポサードはもうすぐそこだから、きっと左だな。見た感じ、この右の道は草原の方へ迂回してるみてえだ。あっこの草原は見とれちまうほどきれえで平らなんだけど……つまり、左へ行かねばならねえ』

ドクトルは黙って御者の決断を待っていた。

「左へ！」そう叫びながらセキコフは梶棒を左に回し、手綱を引いた。

車が左に進む。

「ここはどこだ？」ドクトルが叫んだ。

「旧ポサードでさあ！　そこで一息入れて、その後は道路がまっすぐ延びとりますだ！」

ドクトルは嬉しげにうなずいた。

セキコフは旧ポサードに二度しか行ったことがなかった。マトリョーナ・ハピロワの結婚式のときと、弟が「ドケチ」というあだ名のアヴディ・セミョーヌイチ老人からここで仔豚を二匹買うのに同行したとき。だがそれは秋と春のことで、冬の吹雪の中ではなかった。セキコフは旧ポサードのことが気に入っていた。たった九世帯しかないが、どの家も上等で裕福だ。旧ポサードの村人は彫刻や機織《はたお》り、錘《おもり》製作を生業《なりわい》としていた。そして、あそこの草原は素晴らしかった。春の本道はぬかるんでいるので、セキコフは弟と仔豚たちとともに帰りは草原を通った。あのとき、旧ポサードの草原は、そのなだらかさと広さとで、セキコフを感動させたのだった。

今、草原はすべて雪の下にあった。

車は平地を進んだ。セキコフは、ポサードに着く前にまず菩提樹《ぼだいじゅ》だか樫だかの林があったことを思い出した。

『それが見えてきたら、もうすぐポサードってことだ。そこでどっかの家の扉を叩いて温まらせてもらおう。小一時間休んでから出発だ。そっからはもう遠くねえ……』

馬たちは村を嗅ぎつけたのか、道路が雪に覆われていき、じきに見えなくなったにもかかわらず、スピードを上げて走った。

『すぐに履き替えないと……』ドクトルはブーツの中で濡れた足の指を動かしたが、すでにかじかみはじめていた。

「すぐそこが林で、その後はポサードでさ」セキコフはドクトルを一瞥して励ました。

ドクトルは疲労困憊の様子だった。雪に覆われ、座席で背中を丸めたその姿から、鼻と鼻眼鏡が滑稽に突き出ている。

『雪だるまみてえだな……』セキコフは心の中で疲れた薄笑いを浮かべた。『象さんもお疲れだ。ああ、なんと天気に恵まれねえこって……』

彼らは雪の舞い上がる白い砂漠をのろのろ進んだが、行けども行けども林は現れなかった。

『まさか間違ったんじゃあるめえな?』セキコフは疲労でくっつきそうになる目を見開き、吹雪にじっと凝らしながら思った。

とうとう前方に林が現れた。

「ありがてえ……」セキコフは声を立てて笑いだした。

近づく。林の木々は大きく、年取っていた。セキコフが覚えていたのは、五月の若葉をつけた若い林だった。

『こんなに早く育つなんてあり得ねえ……』セキコフは目を擦った。

ふと、木々の下に十字架を一本見つけた。それから二本目、三本目。もっと近づく。十字架の数が増えた。雪の中から突き出ている。

「なんてこった、こりゃ墓地だ……」セキコフは手綱を引き締めながら嘆息した。

「墓地だと?」ドクトルは猛然と鼻眼鏡を拭きだした。

「墓地でさ」セキコフは下車しながら繰り返した。

「村はどこだ?」そうつぶやきながら、ドクトルは何本もの傾いた十字架をじっと見つめたが、その周囲では、まるであざ笑うかのように、吹雪がぐるぐる舞い踊っていた。

「はい?」セキコフは風を受けて身を屈めた。

「村はどこだ?!」ドクトルは憎しみを込めて叫んだ——吹雪に、墓地に向かって、どことも知れぬ場所へ入り込んだ馬鹿で間抜けなセキコフに向かって、ブーツの中でかじかんだ自分の濡れた足の指に向かって、雪に覆い尽くされた重いオーバーに向かって、背面に馬鹿げた絵が描かれ、馬鹿げたベニヤ板のボンネットの中で馬鹿げた小馬どもが走っている、この馬鹿げた車に向かって、はるか遠くの、神にも忘れられた、ロシア人の誰にもまったくもって用のないボリビアなんぞから、どこぞのろくでなしどもがロシアに持ち込んだ呪うべきエピデミックに向かって、駅馬で早く出発し、同業者のドクトル・ガーリンのことなど考えもせず、自分のキャリアのことだけを心配している、学識ある詐欺《さぎ》師で理屈屋のジリベルシテインに向かって、眠たげな雪だまりに取り囲まれ、その上を蛇のような地吹雪が不気味に流れていく、この果てしない道路に向かって、にこにこ顔で笑いながら、軒下の盛り土に座ってひまわりの種をかじっている愚かな農婦の篩《ふるい》みたいにぼろぼろの、この光の射さない灰色の空、絶え間なく、ひっきりなしに、この呪うべき綿雪をひたすら撒《ま》きつづける空に向かって。

「その辺のどっかに……」呆然《ぼうぜん》としているセキコフは顔をきょろきょろさせた。

「どうしてまた墓地なんかに入り込んだのだ?」ドクトルは腹立たしげに叫んだ。

「そう言われても、旦那、入っちまったもんで……」御者は顔をしかめた。

「前にもここに来たことがあるんじゃないのか、馬鹿めが?!」ドクトルは叫び、咳き込みだした。

「ありまさあ!」とセキコフは叫んだが、べつに腹を立てた様子はなかった。「ただ、夏のことだったもんで」

「まったくとんだ……」とドクトルは言いかけたが、吹雪が口の中に吹き込んできた。

「ありまさあ、ありまさあ……」セキコフはカササギのように頭を回した。「ただ、どこに墓地があったか記憶にねえんで……まったく覚えとりません……」

「出発しろ！　なぜ止まった?!」ドクトルは咳き込んでから叫んだ。

「どこへ行きゃあいいのやら……」

「墓地が村から離れていることなどあり得ん!!」突然、ドクトルは自分でもびっくりするくらい大声でわめきだした。

　セキコフはその大声には何の注意も払わなかった。彼は頭を回しながらもう少し考えてみて、それから決然と車を墓地の左へ、野の方へと進ませた。

『もしあの分かれ道がポサードと草原に続いてるんなら、墓地はポサードのそばなんだから、つまり、正しい道を選んだってわけだ。どうやら、あそこにはポサードと墓地への分かれ道もあって、それを見逃しちまったらしい。今度は左へ行かねえとな。そこがポサードで、その向こうは草原だ』

　ドクトルは落ち着きを取り戻し、自分の大声のおかげでわれに返りながら、なぜセキコフがもと来た道を戻らず車を曲がらせ、じかに野の上を走らせているのかたずねもしなかった。

『大丈夫、大丈夫だ……』ドクトルは腹立たしげに自分を励ました。『馬鹿者は多い。だが、大馬鹿者はもっと多い……』

　セキコフは深い雪の上を苦労して歩きながら、野に車を走らせた。ポサードが前方にあると信じ切っていたので、巻き上がりながら眼前でしぶしぶ道を開ける雪靄《もや》に特段じっと目を凝らすことすらもしなかった。車はやっとのことで進み、馬たちもつらそうに引いていたが、セキコフは梶棒を置き、車を軽く押しながらその隣をずっと歩いて、それも実に確信ありげに歩いているので、ドクトルも次第にその確信に感染した。

「今に着きまさあ……」セキコフは笑みを絶やすことなく静かに言った。

そして間もなく、前方の渦巻く雪の中に本当に家の輪郭が見えた。

「着きましたぜ、ドクトル！」御者は乗客にウインクした。

近づいてくる家を目にしたドクトルは、死ぬほど煙草が吸いたいと感じた。それから、重くなったオーバーと鉛のような帽子を脱ぎ捨て、びしょ濡れのブーツを脱ぎ、火に当たりたかった。

セキコフの方はクワスが飲みたくてたまらなかった。彼はミトンで洟をかみ、車を前に進ませながら、先ほどよりも穏やかに歩きだした。

『こんな外れに誰が暮らしてんだろう？』セキコフは意味もなく記憶をたどったが、旧ポサードの知り合いは、マトリョーナと夫のミコライ、そして年老いたドケチだけだった。『マトリョーナの家は右から三つ目で、ドケチの家はマトリョーナの家の隣で……』

垂れ下がった帽子の下から近づいてくる家に目を向け、彼は呆然とした。それは百姓家ではなかった。穀物の乾燥小屋でも、干し草小屋でもなかった。はたまた風呂小屋《バーニャ》にも見えなかった。

車は天辺《てっぺん》の尖った暗灰色のテントに近づいた。テントにはゆっくりとまばたきする生きた目の画像が見え、それは御者も乗客も知っているものだった。

「ミタミンダーだ！」セキコフはため息をついた。

「ビタミンダーか」とドクトルは言った。

車はテントに近づいて止まった。

続いてセキコフが近づいた。ドクトルは体を捻り、雪を振り落としながら降りた。かすかな排気ガスのにおいが風に運ばれてきた。そして、テントの中から高価なガソリン発電機が動く音が聞こえてきた。

「それで、お前のポサードはどこにある？」とドクトルはたずねたが、もはや悪意はなく、というのも、生命なき白い空間がついに文明との出会いを彼にプレゼントしてくれたことが嬉しかったのだ。

「どっかこの辺でさ……」セキコフは上手に張られたテントの滑らかな胎生フェルトをじっと見つめながらつぶやいた。

そしてフェルトの扉を見つけると、ミトンをはめた手でノックした。内側ですぐさま軽快な呼び出し音が流れだした。扉についているフェルトの小窓が開き、口をもぐもぐさせている細い目の顔が現れた。

「何の用だ？」

「ポサードを探してて、道に迷っちまった」

「何者だ？」

「ドクトルとおいらだ。ドルゴエへ行くとこだ」

顔が隠れ、小窓が閉じた。

「ビタミンダーか」ドクトルは毛皮帽をかぶった頭を振り、疲れた様子で笑いだした。「よりによってこんなところで出会うとは！」

しかし、彼は満足していた。滑らかで、堅牢で、風にもびくともしないテントからは、盲目的な自然の力に対する人類の勝利が感じられた。

長い数分が過ぎ、ようやく扉が開いた。

「どうぞ中へ」

ずんぐりしたカザフ人が手招きした。彼が食事の邪魔をされ、そのことを不満に思っているのは明らかだった。

ドクトルとセキコフが入った部屋は、電気の照明こそ暗かったが、よく暖められていた。とそこに、首輪に光る鈴をつけた二匹の巨大なスミレ色のグレート・デーンが寝床から起き上がり、唸りながらこちらへ近づいてきた。犬のスミレ色の目が入ってきた二人を見つめ、唸り声を上げるピンクの口の中で白い歯がきらりと光った。

「お戻り《ゴーシ》！」カザフ人は扉を閉めながら叱りつけた。

犬たちは唸りながら寝床へ戻った。ここには大きなガソリン車が二台止まっており、服が掛けられ、大量の靴がきちんと並べられていた。それはテントの玄関だった。高価で貴重なガソリンのにおい、二台の車、二匹の大事にされたグレート・デーンは、ドクトルには安心感を、セキコフには威圧感を与えた。

「上着をお脱ぎになって、遠慮なくおくつろぎください」カザフ人はドクトルにぺこりとお辞儀した。

ドクトルが上着を脱ぎにかかると、カザフ人が手伝いに入った。

「小せえ馬どもをちょっと温めてやりてえんだけど」セキコフはおどおどと帽子を脱ぎ、びしょ濡れになった自分の髪を撫でつけた。

「すぐご主人さまに聞いてやる」カザフ人はドクトルの上着を脱がせながら落ち着き払って言った。

そしてドクトルがブーツを引っ張って脱ぐのを手伝い、フェルトのスリッパを与えた。明るい色のロングドレスをまとい、テュベテイカ（中央アジアの伝統的な庇のない帽子）をかぶったカザフ人の女が玄関に入ってきて、分厚いカーテンを開き、ほっそりした手でドクトルを手招きした。

「どうぞこちらへ」

ドクトルはカーテンの隙間に入った。セキコフは帽子を手に持ったまま扉の前でたたずんでいた。

テントの中はさらに明るく、さらに暖かかった。同じ胎生フェルトでできた灰色の壁に囲まれた広々とした円形の部屋には、遊牧生活の快適さと、東洋のお香のつんとくるアロマが漂っていた。テント中央の通気《つうき》孔《こう》の下には、ビタミンダーにとって伝統の黒い正方形のローテーブルが置いてあり、三人の男が鎮座していた。テーブルの四つ目の側は空いていた。少し離れた壁に沿って七人の女召使いが控えていた。ドクトルをテントに招き入れた八人目の召使いは、壁際の自分の場所に静かに腰を下ろした。

三人の男がドクトルを見ている。

「郡医者のガーリンです」そう言ってプラトン・イリイチは会釈した。

「キョーワ、ネンネコ、ユーヨ」ビタミンダーたちは順番に坊主頭を下げながら自己紹介した。

キョーワとユーヨはヨーロッパ人の顔をしており、ネンネコは明らかにアジア人の外貌《がいぼう》だった。

「ドクトル、あなたは天から俺たちのもとに舞い降りた天使みたいなものです」痩せぎすで細面のキョーワはにこりと微笑んだ。

「どういう意味で？」ドクトルは曇った鼻眼鏡を拭きながら笑みを浮かべた。

「つまり、俺たちには先生の助けがきわめて必要だって意味ですよ」キョーワが続ける。

「誰か病人でも？」プラトン・イリイチは彼らを眺め回した。

「はい」ずんぐり、がっしりしていて、ほとんど農民のように純朴な顔をしたユーヨがうなずいた。

「いったい誰が？」

「あそこです」キョーワが顎で指し示した。「俺たちの友人、マドロミです」

ドクトルは振り返った。座っている二人の娘の間に、絨毯《じゅうたん》にくるまれた何かが転がっていた。娘たちが絨毯を開き、そしてドクトルは四人目のビタミンダーを目にした。光る超伝導物質がはめ込まれた金の首輪と坊主頭。マドロミの頭部にはひどい擦過傷と皮下溢血《いっけつ》があり、顔が少し腫れていた。

ドクトルは慎重に近づき、身を屈めずに見下ろした。

「どうしたのかね？」

「殴られたんです」とキョーワ。

「誰に？」

「俺たちに」

ドクトルはキョーワの知的な顔に視線を移した。

「どうして？」

「高価なブツをなくしやがったんですよ」

ドクトルは非難のため息をつき、しゃがみ込むと、殴られたビタミンダーの手を取った。脈はある。

「生きてます」ネンネコは自分のまばらな顎ひげを撫でた。

「生きている」ドクトルはビタミンダーの顔に触った。「だが、熱がある」

「熱があります」ユーヨがうなずく。

「それが困ったこと《ブーキー・ブーキー》でしてね」キョーワは細い唇を舐めた。「俺たちは薬をまったく持ってないんですよ」

「しかし、これは裁判沙汰だぞ、諸君」ドクトルは殴られた男を見下ろしながら下唇を突き出した。

「裁判沙汰です」キョーワはうなずき、二人のビタミンダーも同意のしるしに坊主頭を縦に振った。「ですが、なにとぞご理解ください」

「届け出をせねばならない」プラトン・イリイチはためらいがちに言ったが、そんなことを口にすれば、一分後にはまたもや居心地の悪いびゅうびゅう唸る吹雪の中に放り出されかねないことはわかっていた。

「俺たち、お礼します」ネンネコは頑張ってロシア語を話そうとしながら言った。

「賄賂《わいろ》は受け取らない」

「カネでお礼しようってんじゃありません」キョーワが説明する。「試用させてさしあげます」

ドクトルは黙ってキョーワを見ていた。

「新製品の試用です」

プラトン・イリイチの眉毛が上がり、彼は鼻眼鏡を外して拭いた。ドクトルの鼻は熱で赤らんでいた。

「まあ……」彼は鼻眼鏡を鼻梁に固定し、ゆっくりと頭を振った。

ビタミンダーたちはじっと座って待っていた。

「それは、もちろん……断るのは難しいが」ドクトルは力なくため息をついた。

そして、命運尽きたようにハンカチに手を伸ばした。

「断られるんじゃないかとびくびくしてましたよ」キョーワがにやりとした。

ビタミンダーたちはげらげら笑いだした。召使いの娘たちも小声で笑った。

ドクトルはラッパのような音を立てて洟をかんだ。そして、同じくげらげら笑いだした。

カーテンの陰からカザフ人の満腹顔が覗いた。

「ご主人さま、そこで御者が馬どもを温めさせてくれと頼んでおります」

「何頭だ?」ユーヨがたずねる。

「さあ。小型の馬どもです」

「ああ、小型か……」ユーヨはキョーワと目配せを交わした。

「馬たちに小屋を建ててやれ」キョーワが命じた。「御者には食事を与えろ」

カザフ人は姿を消した。

「ああ……それなら……私の旅行鞄が必要だ……」ドクトルは再び殴られたマドロミの上に屈み込みながらつぶやいた。「それと、石鹼《せっけん》で手を洗わなくてはならん」

そう言いながら自分の弱さに羞恥心を覚えたが、自分ではどうすることもできなかった。収入が許せば、彼はビタミンダーの製品を試すことがあった。それは田舎医者の生活をかなり楽にしてくれた。二カ月に一度はそれをみずからに許していた。だが、ここ一年間は懐具合が悪化、かなり悪化していた。ただでさえあまり高くない賃金が十八パーセントもカットされたのだ。自制せねばならず、もう一年間もドクトル・ガーリンは光っていなかった。

みずからの弱さに恥じ入った彼は、自分自身の羞恥心に恥じ入り、その後、この二重の羞恥心に恥じ入り、内心で激怒し、猛然とかつ辛辣《しんらつ》におのれを罵倒《ばとう》した。

『愚か者……ろくでなし……呪うべき偽善者……』

手が震えはじめ、彼はその手に何かをさせてやらなくてはならなかった。絨毯を広げにかかり、横たわる男をすっかり出してやる。ビタミンダーが呻きだした。

その間に二人の娘が旅行鞄を運んできて、雪を払ってドクトルの隣に置いた。二人の別の娘が水差しとたらいとタオルを運んできた。

「石鹸は？」プラトン・イリイチはジャケットを脱ぎ、シャツの袖をまくりながらたずねた。

「石鹸はありません」キョーワが答えた。

「ない？　では、ウォッカは？」

「そんな汚らわしいものは持ってませんよ」ユーヨはにやりとした。

「ああ、アルコールなら自分で持っていたな……」ドクトルは思い出した。

彼は旅行鞄を開け、中からだるま形の瓶を取り出し、手を洗ってタオルで拭いてから、アルコールで消毒した。

「では……」ドクトルはマドロミのカーディガンの胸のボタンを外し、そこに聴診器を当てると、眉を上げて聴きはじめた。

「胸は殴ってません」ネンネコが言った。

「心臓は問題なし」ドクトルは診断を下した。

続いてビタミンダーの手足に触る。触られた方は再び呻きだした。

「手足は無傷だな」

「殴ったのは腹と頭です」とユーヨ。

ドクトルはビタミンダーのカーディガンをまくり上げ、腹を露《あら》わにした。横たわる男の上に赤らんだ鼻をじっと垂れ下がらせ、触診をはじめた。患者はずっと呻いていた。

「腫れや内部損傷は見当たらない」ドクトルはカーディガンを下ろし、頭の上に屈み込んだ。

「どうやら、脳震盪《のうしんとう》のようだ。長いこと意識が戻らないのかね？」

「昨晩からです」

「嘔吐《おうと》は？」

「いいえ」

ドクトルは横たわる男の鼻にアンモニア水を近づけた。

「どうだね、きみ」

横たわる男はかすかに顔をしかめた。

「私の声が聞こえるかね？」

患者は応えてかすかに呻いた。

「すぐにすむ。我慢してくれ」ドクトルは約束した。

注射器とアンプルを取り出し、ビタミンダーの刺青《いれずみ》を入れた肩をアルコールで拭き、注射を打った。

「すぐ楽になる」彼は注射器をしまった。「どうして彼を絨毯にくるんだのかね？」

ビタミンダーたちは目配せを交わした。

「その方が楽だろうと」ユーヨが答えた。

「揺りかごの中にいるみたいに」キョーワはあくびした。

「それと、羊の脂を足の裏に塗ってやりました」とネンネコ。

ドクトルはその情報に関してはノーコメントにしておいた。

注射の後、殴られた男の頬に赤みが差した。

「手足を動かすことはできるかね？」ドクトルは大声でたずねた。

マドロミは手足をぴくっと動かした。

「素晴らしい。ということは、脊柱《せきちゅう》は無傷だな……どこか痛いところは？」

固まった血のついた唇が開いた。

「あ……ま……」

「何？」

「あ……ら……ま」

「頭が痛いのかね？」

「うぅ」

「ひどく？」

「うぅ」

「ガンガンする？」

「うぅ」

「吐き気は？」

「うぅ」

「嘘をつく気ですよ！」ユーヨが叫んだ。「やつはこれまで一度も吐いてません」

ドクトルは殴られた男の頭部を診た。

「骨折はない。血腫だけだ。頸椎《けいつい》に問題はない」

彼はヨードチンキを取り出し、殴られた男の顔の擦過傷に塗りはじめた。それから、キンセンカの膏薬を塗った。

「メタルギンプラスと安静」ドクトルは背筋を伸ばした。「それと、温かい流動食」

キョーワは承知したと言うようにうなずいた。

「てっきり死ぬんじゃないかと」ネンネコが言った。

「命に別状はない」

ビタミンダーたちはほっとして微笑んだ。

「ほら、だから言ったろ！」キョーワはにやりとした。「メタルギンはお持ちですか？」

「五錠置いていこう」

「ありがとうございます、ドクトル」ユーヨは頭を下げた。

ドクトルはメタルギンプラスを取り出し、錠剤を押し出すと、娘の一人を手招きした。

「水のコップを」

娘が注ぎ、ドクトルは錠剤を患者の口に入れ、呑み込ませた。患者は咳き込みだした。

「楽になる……峠は越えた……」そう言ってドクトルは安心させた。

そして、両手をたらいの上に伸ばした。娘が水を浴びせ、ドクトルは自分の手を拭き、まくり上げたシャツの袖を下ろしはじめた。

「これでおしまい」

心臓が期待でどきどきしはじめた。しかし彼は、落ち着いて見えるように全力で努めた。

「お座りください」キョーワは正方形のテーブルの空いている席を顎で指し示した。

ドクトルはあぐらを組んで座った。

「製品を！」キョーワが命じる。

フェルトの壁のそばに座っている二人の娘が平らなトランクを開け、中から透明なピラミッドを取りだした。それは昨日、雪に覆われた道路で、セキコフの車の滑り木を壊したものにそっくりだった。

『なんともはや！』ドクトルは驚愕した。

彼は、絨毯にくるまれたビタミンダーが何をなくし、そして何のために殴られたのかを悟った。

『それも、なくしたのは一個じゃない……おそらく箱ごと……あれはまさに一財産だぞ……』

ドクトルは、娘がテーブルの真ん中にそっと置いたピラミッドを眺めていた。彼はビタミンダーの前の製品を二つ試したことがあった。スフィアとキューブ。どちらも透明ではなく、ピラミッドの二分の一ほどの大きさだった。

『どうしてあのとき、これが製品だと気づかなかった？　馬鹿だ……しかし、あれはあまりにも頑丈だった。それで判断力が鈍った……そう、鈍ったのだ。どうやら、あの道路には一箱まるごと転がっていたらしい。私の年収の額じゃないか。馬鹿げた話だ！』

ドクトルは薄笑いを浮かべた。

「もう試したことがおありですか？」ユーヨにはドクトルの薄笑いの意味がわからなかった。

「いや、とんでもない。その……私が試したのは、キューブとスフィアだけだ」

「まあ、それなら誰でも試したことがあります……」ネンネコはむっちりした肩を揺すった。

「これは最新のフレッシュな製品です」キョーワはピラミッドに目配せした。「まだ仲間内で試してるだけです。限界を探してるんです。春に向けて準備中です」

ドクトルは苛立たしげに、わかったと言うようにうなずいた。

『ドルゴエから帰るときは同じ道路を通らねば……』彼はそっと考えた。

キョーワがテーブルの天板のボタンを押した。ピラミッドの下でガスバーナーの火がついた。

「すぐには蒸発しません」ユーヨが説明する。

「キューブやスフィアと違って？」ドクトルは興奮気味に洟をすすり、唇を舐めた。

「そうです。全体を均等に温めなくてはなりません。約四分」

「時間がくるまで待とう！」ドクトルは鼻眼鏡を落としながら神経質に笑いだした。

「くるまで待とう」キョーワは微笑んだ。

「クルマがくるまで……」ネンネコが笑みを広げた。


その間すでにセキコフは、彼のために建てられたばかりの独立した小屋の中に座り、熱いチキンヌードルを食べていた。胎生フェルトでものを建てる様子を見るのはこれが初めてだった。ビタミンダーの召使いであるカザフ人のバフチヤールは、優越感を覚えながら、小屋建設の全過程をセキコフに見せびらかした。まず車をできるだけテントの壁に近づけるよう命じてから、小屋の周囲の長さを見積もって雪の中に櫛を三本打ち込み、その後で防護グローブをはめ、胎生フェルト・ペーストのチューブの中身を櫛《くし》の上に搾《しぼ》り出《だ》し、「生の水」スプレーを吹きかけ、勝ち誇ったようにセキコフを見た。彼は鳥のような笑みを浮かべ、まるでなくすのを恐れるかのように車に両手を置いて突っ立っていた。灰色のペーストがかすかに動いたかと思うと、そこからフェルトが一本また一本と育ちだした。三枚のフェルトの壁は、徐々に強まる吹雪などどこ吹く風で成長し、車とその持ち主を取り囲んだ。バフチヤールは外側に立っていた。

「どうだ？」バフチヤールは得意げにたずねた。

「すげえなあ！」セキコフはうっとりしながら口を大きく開けた。

「テクノロジーさ」

「テクノロジー」セキコフはそっと敬意を込めて言った。

フェルトの壁がバフチヤールの頭の高さまで成長すると、彼は「死の水」スプレーをつかんで壁の端面に吹きかけた。フェルトの成長が止まった。カザフ人は櫛をいちばん大きな壁の端に打ち込み、「生の水」を吹きかけ、小屋の屋根を育てはじめた。できあがりつつある部屋の内側にいるセキコフは、少し屈んで車の座席に座り、頭上を這う屋根を見上げながら、なぜだか梶棒と手綱を握っていた。屋根は反対側に突き当たって小屋をぴたりと閉ざし、セキコフと馬たちを、吹雪から、寒さから、この世から隔てた。暗くなり、異様なほど静かになった。

セキコフは、カザフ人が「死の水」を振りかけて屋根の成長を止める音をかすかに聞き取った。その後、すべてが静まり返った。小馬たちは周囲で何か特別なことが起きているのを感じ取って息を呑み、微動だにしなかった。

「そっちはどうだ？」セキコフはボンネットを叩いた。

粕毛が慎重にいななきだした。続いて、三頭のいつも一緒の黒鹿毛たちが、それから鹿毛たちが、栗毛たちが、そして最後に、のろまな薄栗毛たちがいななきだした。

さらに五分ほど経過し、電動ナイフの鋭い音が暗闇を切り裂いた。カザフ人は上手いこと小屋に小さな扉を切り抜いて脇へどけ、小屋の中に光と温もりを通した。

「怖かったか？」

「いんや」セキコフは座席の上でもぞもぞしだした。

「座ってな。すぐに食いもんを持ってきてやるよ」

セキコフは座ったままでいた。

バフチヤールはヌードルを入れた碗とスプーンを持って戻ってきた。

「食事をやれとのお言いつけだ」

「ありがとうごぜえます」セキコフは食事を受け取りながら頭を下げた。

小屋の中はさほど明るくなかったが、ヌードルの中に手羽先が入っているのが見えた。彼は喜んで食べはじめた。ボンネットの中の馬たちは主人が食べているのに感づき、鼻息を立てていななきだした。

「こらこら！」セキコフはスプーンでボンネットをこつんと叩き、馬たちを叱りつけた。「おめえらはまだ走らねえといけねえんだ、飯どころじゃねえだろ……」

馬たちは静かになった。一頭の喧嘩っ早い粕毛だけが不満げにいななきだした。

「困ったやつだな、この腕白者は……」セキコフは美味しい鶏肉を嚙みながら優しくつぶやいた。

彼はほくほくしながら骨の周りの肉をかじり、それから手羽先にかぶりついた。

『いい人たちだな』彼は温かい食事のおかげですぐに汗をかきながら思った。『ビタミンダーだけど……』


透明なピラミッドが笛のようなか細い音を立てて蒸発した。ガスバーナーが消えた。そして瞬時に、座っている四人はその他の空間と世界とから隔てられ、この上なく薄い胎生プラスチックでできた透明の半球が一瞬で閉じたのだが、それはあまりにも薄かったので、途方もなく大きなシャボン玉が割れる音、あるいは巨人の濡れた唇が寝ぼけて開く音にも似た閉じる音によってのみ、半球が出現したことがわかった。

「マダガスカル」力が抜けていく唇を動かしながら、キョーワは施術を行うビタミンダーの恒例となっているあいさつを口にした。

ドクトルは「ラクサガダム」と返したいところだったが、すぐさま異空間へと転落してしまった。

灰色の曇り空。まばらな綿雪。綿雪はこの灰色の雲から降ってくる。降ってくる、降ってくる。湿った冬のにおい。雪どけの時期だろうか？　あるいは初冬か。煙のにおいがそよ風に運ばれてくる。違う。こんな風ににおうのは、煙突なしで焚く蒸し風呂だ。心地よいにおい。燃える白樺の樹皮のにおい。頭を少し動かしてみる。ぴちゃっという音が虚《うつ》ろに響く。うなじの辺り。目を伏せる。顔の近くに液体がある。水ではない。ねっとりしていて、嗅ぎ覚えのあるにおいだ。知っている、よく知っているにおい。だが、あまりにねっとりしている。ひまわり油だ！　喉元まで油に浸《つ》かっている。ひまわり油で満たされた容器のようなものの中に座っている。それは黒い釜《かま》、縁の厚い大きな釜だ。釜の周りは大きな広場だ。人で埋め尽くされた広場。なんて数だ！　数百人、数百人はいる。ぎゅうぎゅう詰めで立っている。実に大きくて巨大な広場だ。建物が広場を取り囲んでいる。ヨーロッパの建物だ。巨大な大聖堂もある。この大聖堂はどこかで見た覚えがある。たしか、プラハだ。とても似ている。そう、おそらくプラハだ。あるいは、プラハではないかもしれない。ワルシャワか？　それともブカレスト。クラクフ？　おそらく、やはりワルシャワだな。あそこのメインスクエアだ。その広場に、数百人の、数百人の人々がいる。彼らは立ってこちらを見ている。体を動かしたい。しかし、できない。縛られている。太い縄で縛られている。その縛られ方ときたら、まるで母親の胎内にいるかのようだ。両脚は膝を曲げられ、胸に押しつけられ、縄でくくられている。両手はくるぶしに縛りつけられている。指を動かす。指は自由だ。自分の足の裏に触る。手首はしっかりとくるぶしに縛りつけられている。釜の底に座っているのだ。釜の底に触れる。まるでブイのようだ。そうやって泳ぎ方を習った。子どもの頃にブイの真似《まね》をして遊んだ。昔の話だ。広い川で。晴れて暖かい日だった。父は幅広の麦藁帽子をかぶって岸に立っていた。父は笑っていた。父の眼鏡が日差しを受けてきらきらしていた。彼はブイの真似をしながら父を見ていた。岸には二頭の馬がたたずみ、川の水を飲んでいた。片方の馬に裸の少年がまたがっており、蔑むようにこちらを見ていた。彼はブイの真似をしていた。だが、それは昔の話だ。ずっと昔の。今は縛られている。この釜の中で。釜は高い台の上に載っている。板張りの台だ。台の隅には太い丸太でできたかすがいが打ちつけられている。それが見える。黒くて厚い釜の縁が台のほぼ全体を遮っている。釜は何かの上に載っている。そして二本の太い鎖が、釜に開いた穴から二本の削りたての柱に向かってぴんと伸びている。鎖はこれらの柱に巻きつけられている。きっかり四回ずつ巻きつけられている。そして、大きな鍛造の釘が打ちつけられている。これらの柱もまた台の上にある。台の向こうには群衆がいる。群衆はこちらを見ている。大勢が微笑んでいる。遠く、大聖堂のそばで、人々が何かを厳かに、声を引っ張って読んでいる。ラテン語だろうか？　違う。ポーランド語だ。いや、これはポーランド語ではない。何か別の言語だ。セルビア語？　それともブルガリア語？　ルーマニア語！　きっと、ルーマニア語だ。彼らは何かを読んでいる。厳かに読んでいる。それも、少し歌うように。歌うように読んでいるのは、彼に関することだ！　皆が耳を傾けている。そしてこちらを見ている。読んでいるのは、彼だけに関することだ。彼に関する何かを読んでいる。長いこと読んでいる。せめて顎でなりとも釜につかまって体を持ち上げようと、釜の縁へ近づこうとする。しかし不意に、くるぶしと手首を縛っている縄が釜の底につながれており、体を釜の中心に固定していることがわかる。縄は、彼の真下の釜の底にあるもう一つの穴に結ばれている。指でその穴に触ってみる。穴は滑らかで、半円形だ。その中を太い縄が通っている。彼はどうやってもこの釜から抜け出せないことを悟る。しかも、手足が縛られているのだ。穴は放してくれない。彼は恐怖のあまり叫ぶ。群衆は大声で笑い、はやし立てる。人々はこちらに向かってしかめ面を見せ、指を差す。女たちは腕に子どもを抱いている。子どもたちは笑い、からかう。彼は全力でもがく。そして恐怖のあまり一瞬だけ意識を失う。しかしすぐさま正気に戻り、不快で臭い油でむせはじめる。油が口と鼻に入り、咳き込む、苦しげに咳き込む。胸くそ悪い植物油！　なんと臭い。なんと多い。すぐにむせてしまう。油は体の周りで重々しく揺れている。祖母は塩漬けキャベツにこの油をかけたものだ。今はこんなにたくさんある！　においで窒息しそうだ。ただそよ風が吹いているおかげで窒息せずにすんでいる。このにおいのせいで頭がくらくらする。大粒の雪がぱらぱらと油の中に降っては消える。降っては消える。降っては消える。雪はいい。彼らは何にも縛られていない。誰にも何の借りもない。だが、朗読者は厳かに大声で最後の言葉を叫ぶ。そして群衆が怒号を上げる。怒号を上げ、手を振り上げる。怒号が釜の中で反響し、鋳鉄の縁の辺りにかろうじてそれとわかるさざ波が立つほどだ。そして、すぐさま何者かが台に上がってくる。それは松明を持った十代前半の少年だ。少年は銅のボタンがついたスエードのジャケットをまとい、赤いズボンを穿き、つま先が上に反った赤い靴を履いている。少年の顔は実に美しい。まるで天使のような顔だ。栗色の長い髪が流れるように肩に落ちている。少年の頭には鷹《たか》の羽根がついた赤いベレー帽が載っかっている。少年は松明を掲げる。群衆が怒号を上げる。少年は松明を釜の下におろし、みずからも身を屈める。少年のベレー帽だけが見える。鷹の羽根が震えている。はぜる音がかすかに響き、それから強くなる。状況から察するに、タールが塗られた枯れ枝に火がついたのだろう。はぜる音が大きくなる。黒い煙が釜の下からもくもくと立ち上る。少年は台を降りる。羽根つきのベレー帽は早くも群衆の中に紛れている。群衆は怒号を上げ、はやし立てる。彼は自由になろうと今一度絶望的な試みを行い、気張りすぎておならが出る。おならは体の周りでゆっくりした泡となって浮かんでいく。しかし、縄は降参しない。彼はもがきながら油を飲み込み、咳き込み、口でぱくぱく空気をつかむ。周りで油が跳ねる。ひどく臭い、ねっとりとした油。だが、釜は微動だにしない。揺り動かすことすらできない。彼が大声で叫ぶと、大聖堂にこだまが跳ね返って三度も戻ってくる。群衆は叫び声に耳を傾けている。それから怒号を上げ、大笑いする。彼は自分は無実だと涙ながらにつぶやきはじめる。群衆に自分のことを話す。自分の名を告げる。自分の母の名を。自分の父の名を。そして、恐ろしい過ちについて話す。自分は人々に何一つ悪いことをしなかった。彼は医者という自分の高潔な職業について話す。自分が助けた患者の名前を列挙する。神を証人に立てる。群衆はそれを聞いて大笑いする。彼は、キリストについて、愛について、戒律について話す。ふと、釜の底が温かくなったのを踵《かかと》で感じる。彼は恐怖のあまり叫ぶ。そしてまた一瞬、意識を失う。そしてまた油の、臭い油のおかげで意識が戻る。油を飲み込んだことでわれに返る。油で喉が詰まる。油の中に油を吐く。群衆は大笑いする。彼は自分が無実だと群衆に言いたいが、できない。息が止まりそうになる。咳き込む。苦しげに咳き込む。ほとんど叫ぶように。釜の底が温まる。中央の穴、底の穴だけがまだひんやりしている。

穴は厚く、底から突き出ている。指で穴につかまる。咳払いする。頭を振り絞る。自分を落ち着かせる。そして、群衆に向けて演説する。信仰について話す。死ぬのは怖くない。なぜなら、自分は信心深い人間だから。そして自分の人生を物語る。自分の人生を恥じてはいない。立派に生きようと努めた。善をなし、人々に利益をもたらそうと努めた。無論、過ちもあった。彼は、自分が女にし、自分のせいで流産したとある娘のことを思い出す。聞いた話では、彼女はその後もはや子どもを持つことはできなかった。それから、学生時代、寮の学生パーティーで酔っ払い、窓から瓶を投げ捨て、通行人の頭に当たってしまったことを思い出す。あるとき患者のもとへ行かず、その患者が死んでしまったことを話す。彼は人生でたくさん嘘をついた。友人や同業者の悪口を言った。同棲していた女性に汚い言葉を吐いた。ときには親のための金を出し惜しんだ。あまり子作りはしたくなかった。自由に生き、人生を愉しみたかった。多くの点でこのことが妻と別れる原因となった。彼は自分の行いを悔いる。自分は政権を批判した。ロシアが地獄に落ちることを望んだ。ロシア人をあざ笑った。陛下をあざ笑った。だが、決して犯罪者ではなかった。遵法の市民だった。いつだってきちんと税金を納めてきた。釜の底が熱くなる。気張り、両足で穴につかまる。穴はほんのり温かい。両手を使って自分の足を穴の上で支える。彼は、この世でもっとも恐ろしいのは、罪なき人間が処刑されることだと言う。この処刑は殺人よりはるかに恐ろしい。なぜなら、殺人を犯すのは犯罪者だ。だが、殺人を犯す犯罪者でさえ、被害者に助かるチャンスを与える。被害者は逃げ、殺人者の手からナイフをひったくり、助けを呼ぶことができる。殺人者は失敗したり、しくじったりするかもしれない。あるいは、被害者に傷を負わせるだけかもしれない。一方、人が処刑されるとき、助かるチャンスはまったく残されていない。そこに死刑の恐ろしさと無慈悲さがある。彼は昔も今もつねに死刑の反対者だった。だが、今この街のメインスクエアで行われていることは、死刑よりはるかに恐ろしい。なぜなら、これは無辜《むこ》の人の死刑だからだ。もし無辜の人である彼を処刑するために皆がここに集まったのだとすれば、彼らは大きな罪を犯している。そしてこの罪は、彼らの街にとって、彼らの子々孫々にとって永遠の恥となるだろう。彼は、底で温められた油が温かい上昇流となって浮かび上がり、冷たい油を押し出そうとするのを感じる。温かい油が冷たい油を押しのける。冷たい油は下に流れる。底で温められ、温かい油になるために。そして浮かび上がるために。彼はここに立っている子どもたちや、父親の肩に座っている子どもたちについて話す。子どもたちは彼が処刑されるのを見る。子どもたちは成長して彼が無実だったと知るだろう。自分たちの親を恥じるだろう。自分たちの街を恥じるだろう。ここは実に素晴らしい、美しい街だ。街は処刑のためにではなく、喜びに満ちた平穏な生活のために築かれたのだ。彼の踵が穴から滑り落ち、底に触れる。底は熱い。彼はさっと踵で底を蹴って離れ、縄を通した穴を足裏で抱きかかえ、縄につかまる。彼は信仰について話す。信仰は人々をより善良にするはずだ。人は人を愛さねばならぬ。キリストの死から二千年経ったが、人々は相変わらず愛し合うことを学ばなかった。自分たちの絆を感じなかった。憎み合い、騙し合い、盗み合うことをやめなかった。人々は殺し合うことをやめなかった。人が人を殺さないことはできるか？　もしそれが一つの家族で、一つの村で、一つの町でできるというのなら、どうしてそれがせめて一つの国でできないのか？　穴が温まる。足裏が熱くなる。彼は足裏をさっと引っ込めるが、すぐさま底に落ちてしまう。底はとても熱い。足裏を引っ込める。だが、油の中で浮くことはできない。何かにつかまらなければならない。尻が底に落ちて火傷《やけど》する。指を尻と踵の下に入れる。指で熱い底にもたれる。それから穴につかまる。焚き火の煙が釜の周りでもうもうと巻き上がり、目に入る。彼は目を閉じ、彼らは皆犯罪者だと叫ぶ。彼らの街は国際裁判所によって裁かれるだろう。彼らは人類に対して罪を犯している。国際裁判所の判決により彼らは皆投獄されるだろう。彼らの街に原爆が投下されるだろう。群衆は笑い、はやし立てる。油が熱くなる。熱い流れが浮かんでくる。滑らかな炎の舌のように背中を舐める。胸を舐める。身を庇《かば》う術《すべ》などない。どんどん熱くなる。穴もすでに熱い。肺に息を溜める。そして全力で叫ぶ。この街を呪う。この広場にいる人々を呪う。彼らの親と子を呪う。彼らの孫を呪う。彼らの国を呪う。彼は号泣しはじめる。知っている限りのありとあらゆる悪口雑言を吐く。号泣し、つばを飛ばしながら、これらの悪口雑言を吐く。油が頭の周りで跳ねる。穴につかまっていることはもはや完全に不可能だ。熱い。とても熱い。釜の底はすでに恐ろしく熱い。触ることすらできない。彼は穴を蹴って油の中に浮かぶ。蹴っては浮かぶ。蹴っては浮かぶ。蹴っては浮かぶ。油の中で飛び跳ねる。油の中の踊りだ！　彼は吠えはじめる。油の中の踊り！　もはや群衆にではなく、広場を取り囲んでいる家々の屋根に向かって吠える。油の中の踊り！　それは古い瓦屋根だ。踊り！　屋根の下では人々が暮らしている。踊り！　家族が。踊れ！　そこで女たちは朝食を作る。踊れ！　下着を繕う。踊れ！　子どもたちは泣き、遊ぶ。踊れ！　子どもたちは母親にしがみつく。踊れ！　そして自分のベッドで眠る。踊れ！　子どもたちは眠る、眠る、眠る。自分のベッドで。小さな枕、刺繍《ししゅう》のある小さな枕。母親が枕に花を刺繍する。その枕で子どもたちは眠る。眠る、眠る、眠る。そして起きない。昼間も眠っている。昼間も眠っていていいのだ。起きなくてもいいのだ。誰もそんなことで処刑などしない。起きなくても。眠っていても。彼は叫び、起こしてくれと懇願する。彼は子どもたちを信じている。瓦屋根に止まった鳩《はと》たちを信じている。彼は鳩が好きだ。鳩は彼を許すことができる。鳩は皆を許してくれる。鳩は人を殺さない。私は死ぬ？　鳩は人を愛している。私は死ぬ？　鳩は彼を救ってくれる。私は死ぬ？　彼は鳩になる。私は死ぬ？　彼は飛び去る。私は死ぬ！　群衆は歌い、揺れはじめる。わたしぬ！　何だこれは？　わたしぬ！　民謡か？　わたしぬ！　この民衆の歌なのか？　わたしぬ！　この素晴らしい民衆の。わたしぬ！　この呪わしい民衆の。わたしぬ！　この邪悪な民衆の。わたしぬ！　民衆は歌う。わたしぬ！　民衆は歌い、揺れる。わたしぬ！　彼らは彼の素晴らしい死を望んでいる。わしぬ！　だが、彼は鳩になって飛び去る。わしぬ！　いや、これはオペラ『ナブッコ』の合唱だ。わしぬ！　彼らは歌う。わしぬ！　行け《ヴァ》、わが想いよ《ペンシエロ》、黄金の翼に《スルアリ・》乗って《ドラーテ》！　わしぬ！　そして揺れる。わしぬ！　歌う。わしぬ！　揺れる。わしぬ！　歌う。わしぬ！　揺れる。わしぬ！　わしぬ！　わしぬ！　わしぬ！　わしぬ！　わしぬ！　わしぬ！　わしぬ！　わしぬ！　わしぬ！　わしぬ！　わしぬ！　わしぬ！　わしぬ！　わしぬ！　わしぬ！　わしぬ！　わし！　わし！　わし！　わし！　わし！　わし！　わし！　わし！　わし！　わし！　わし！　わし！　わし！　わし！

ドクトルは目を開けた。彼は二人の女召使いに抱えられながらのたうっていた。体がてんかん患者のように痙攣していた。その横では三人のビタミンダーの体が痙攣していた。娘たちが彼らをそっと支えていた。

カザフ人の娘たちは彼らの顔を拭き、撫でてやり、母国語で慰めの言葉をつぶやいていた。痙攣がおさまりはじめた。四人全員が次第にわれに返っていく。

「スーパープロダクトだ」キョーワは水を一飲みして落ち着いてから言った。

「九点……」ユーヨは自分の濡れた顔を拭き、洟をすすりながらつぶやいていた。「いや、九・五点でもいいくらいだ」

ネンネコは何も言わず、ただメロンのように丸い頭を振るばかりで、細い目の隙間を擦っていた。

長い数分の間、ドクトルはわれに返りながら呆然と座っていた。鼻眼鏡は胸元でぶらぶらし、鼻は前よりさらに大きくなったように見え、どっしりと唇の上に垂れ下がっていた。突然、ドクトルはぱっと立ち上がったかと思うと、伸びやかに十字を切り、大声で言った。

「主よ、ありがとうございます！」

そしてすぐさま赤子のように号泣し、両膝を突いて手のひらに顔を落とした。二人の娘が彼に近づいて抱いた。しかしキョーワが警告のサインを送り、娘たちは離れた。

思う存分泣いたドクトルは、ハンカチを取り出し、ラッパのような音を立てて洟をかみ、目を拭き、鼻眼鏡を掛けて立ち上がった。

「われわれが生きているのはなんという幸せだろう！」

そう言って急に笑いだし、両手を振り上げ、頭を振りだした。笑いは哄笑《こうしょう》へと変わった。彼は大いに笑った、ヒステリックなまでに大笑いした。

ビタミンダーたちがくつくつと笑いだした。彼らも哄笑し、椅子から床に、召使いたちの腕の中に落ちた。哄笑は彼らを長いこと苦しめた。彼らは笑うのをやめて落ち着き、頭を揺らしたかと思うと、それから笑いだし、すぐまた哄笑へと落ちていった。哄笑の発作に誰よりも強く苦しんだのはドクトルだった。何しろ、ピラミッド型の新製品を初めて試したのだ。彼はフェルトの床で身もだえし、金切り声を上げ、むせび泣き、よだれを飛ばし、両手をばたばたさせ、疲労困憊の状態で哀れっぽく呻き、頭を振りながら、誰かを指で脅しつけ、ああと叫び、号泣し、哄笑し、哄笑し、哄笑した。鼻が酔っ払いのように赤らみ、震える頬に血が上った。

キョーワが娘に合図を送ると、彼女はドクトルの真っ赤になった顔に水を振り掛けた。仰向《あおむ》けに寝転んでしゃっくりをしながら、彼は次第に落ち着きを取り戻していった。息を静め、座り込んだ。娘から水を与えられる。彼は飲み干し、深くため息をついた。再びハンカチを取り出し、再び洟をかみ、顔を拭いた。鼻眼鏡を掛ける。そして、テーブルに着いているビタミンダーたちを真剣に見つめながら言った。

「偉大な製品だ！」

彼らは理解を示してうなずいた。

「一個いくらだ？」ドクトルは床から腰を上げ、身なりを整えながらたずねた。

「十です」

「二個買おう」彼はポケットの中の財布に手を伸ばし、有り金を残らず取り出した――十ルーブル硬貨が二枚、三ルーブル硬貨が一枚、そしてセキコフに約束した五ルーブル硬貨が一枚。

「問題ありません、ドクトル」キョーワは微笑んだ。「ザミーラ！」

娘がトランクを開け、ピラミッドを二個取り出した。ドクトルは十ルーブル硬貨を二枚、黒いテーブルに放った。キョーワは痩せた手を伸ばし、敏感な細い指で受け取った。娘はピラミッドを包みに入れ、ドクトルに差し出した。彼は包みを受け取り、元気よく頭を振った。

「そろそろ時間だ、諸君」

「出発なさるので？」ユーヨがたずねる。

「ぜひとも！」

「ここで夜が明けるのをお待ちになっては？」キョーワが自分の左肩に触ると、すぐさま一人の娘が近づいてきて、マッサージに取り掛かった。

「いや！　行かねば、ぜひとも行かねばならない」ドクトルは威勢よく頭を回しだした。「出発のときだ！」

「ご覧ください。ここは暖かくて快適ですよ」キョーワは娘たちに目配せした。「とくに夜はね」

娘たちは笑いだし、急に声を揃えて歌いだした。

「キョーワ、とぉーってもも疲れちゃった！　ユーヨ、みぃーんなにおやすみなさぁーい！」

ビタミンダーたちはにっこりした。

「お目々を閉じて、ネンネコよ!」いちばん華奢《きゃしゃ》な娘がか細い声で叫んだ。

ネンネコの丸い顔がさらに大きく綻《ほころ》びた。しかし、ビタミンダーたちの笑みはドクトルを急き立てるかのようだった。彼はこのフェルトの快適な空間から外の世界に出ていきたくてたまらなかった。

「礼を言う、諸君!」と彼は大声で言い、会釈すると、娘の一人が気を利かせて開けてくれたフェルトの扉へと向かった。

「帰りに寄ってください」ユーヨが言った。

「ぜひとも、ぜひとも……」ドクトルは扉口へ姿を消しながら断固たる口調でつぶやいた。

娘はドクトルの旅行鞄を持ち上げ、小刻みな足取りで後に続いた。

玄関で娘たちはドクトルが上着を着るのを手伝った。バフチヤールも出てきた。

「ところで、私の御者はどこかね?」ドクトルは毛皮帽を目深にかぶりながら頭を回した。

「小屋です」バフチヤールはフェルトの壁に切り抜かれた穴を顎で指し示した。

ドクトルはそこを覗き込んだ。

セキコフは車内で座り、フェルト長靴を履いた両足を開いたボンネットの中に入れながらまどろんでいた。脚の間には小馬たちが立っており、口をもぐもぐさせている。

「コジマ! 親愛なる友よ!」ドクトルは嬉しげに叫んだ。

彼は、セキコフを、車を、馬たちを見ることができて幸せだった。

セキコフはすぐさま目を覚ましてもぞもぞしはじめ、ボンネットから長靴をどけた。ドクトルは彼に近づき、ピラミッドの入った包みを放り出すと、セキコフを抱きしめ、胸にぎゅっと押しつけた。

「おいらは……」セキコフは口を開きかけたが、ドクトルはさらに強く彼を抱きしめた。

セキコフはわけがわからず凍りついた。ドクトルは体を離し、セキコフの顔をじっと見据えた。

「人類皆兄弟だ、コジマ」ドクトルは真剣に、なぜだか感激したように言い、嬉しげに笑いだした。「お前がいなくて寂しかったぞ、友よ！」

「ちょいと寝ちまって」セキコフは目をそらし、困惑の笑みを浮かべた。

バフチヤールはにこにこしながら二人を見ていた。

「私のことを思い出したか？」ドクトルは御者のやつれた体を揺さぶった。

「おいらは……旦那が寝に行ったと思って」

「いや、兄弟よ！　今は寝ている時間などない。生きねばならんのだ、コジマ！　生きねば！」

彼はセキコフの体を揺さぶった。

「出発するぞ？」

「今から？」セキコフはおずおずとたずねた。

「今から！　出発だ！　出発だ！」ドクトルは彼の体を揺さぶる。

「出発してもいいですけど……」

「出発だ、友よ！」

セキコフが撒いたオートミールの粉を食《は》んでいた小馬たちは頭を上げ、鼻息を立てながら、事の成り行きを興味深そうに見守っていた。

「そう言うなら出発しますが……」

「そう言うのだ、友よ！　出発だ！　急いで人々に善をなさねばならんのだ！　言っていることがわかるか？」ドクトルは彼の体を揺さぶった。

「もちろんわかりますだ」

「それなら出発だ！」

彼はセキコフを放してやった。セキコフはすぐに車の周囲を忙《せわ》しなく動き回りはじめ、旅行鞄を結びつけにかかった。

「これは少し離れたところにしまってくれ！」ドクトルはピラミッドの包みを顎で指し示した。

セキコフはそれを自分の座席の下に突っ込んだ。

バフチヤールはベルトからレーザーカッターを外し、フェルトの壁に向けた。冷たい炎が青い編み棒のように輝き、バキッと不快なひび割れの音がし、臭い煙が上がった。バフチヤールは上手いこと壁に通路を切り抜き、足で蹴った。切り出された部分が外の空間に剝がれ落ちる。そしてすぐさま、吹雪が小屋の中にどっと吹き込んできた。ドクトルは外へ駆け出した。周囲には吹雪が巻き上がり、びゅうびゅうと唸っていた。

ドクトルは脱帽して十字を切り、びゅうびゅうと唸る、この懐かしの、冷たくて白い空間に頭を下げた。

「そらっ！」小屋の中でセキコフのこもった声がした。

車は開いた穴から出て、小屋のフェルトの温もりを後にした。ドクトルは帽子をかぶり、両手を広げて叫びだしたが、それはまるで、今しがたセキコフにしたようにこの吹雪を抱きしめ、自分の胸に押しつけようと願うかのようだった。

「おぉぉぉぉぉぉぉ！」

吹雪が応えて唸りだした。

「おさまってませんぜ、旦那」セキコフは薄笑いを浮かべた。「わいわい騒いでらあ！」

「出発だ！　出発だ！　出発だぁぁ！」ドクトルは叫びだした。

「まっすぐ行けば、まっすぐ村に着きます！」バフチヤールは小屋の中に身を隠しながら叫んだ。

「素晴らしい！」ドクトルは彼に会釈した。

「そら、ぐうたらどもぉぉぉ！」セキコフは細い声で叫び、口笛を吹きだした。

暖と食事をとった小馬たちは元気に駆けだし、車が野を走りだした。この間、吹雪は強まりもせず、弱まりもしなかった。相も変わらず吹雪き、相も変わらず綿雪が飛び、相も変わらず前後左右の視界は悪かった。同じく暖と食事をとり、少しまどろみすらしたセキコフは、どこへ向かえばいいのやらさっぱりわからなかったが、それに関しては何の不安も感じなかった。ドクトルから自信と正しさの波が流れており、すぐにセキコフからあらゆる疑念とあらゆる責任を流し去ったのでなおさらだった。

彼は温もったドクトルの鼻をちらちら見ながら操縦した。

この大きな鼻は、つい先ほどまで途方に暮れたように冷えて青ざめ、鼻水を垂らし、おどおどと羊皮の襟に隠れていたのだが、今では自信と活気を放っており、船の竜骨よろしく渦巻く空間を切り裂いていたので、セキコフは何だかやんちゃで楽しい気分になった。

『象に連れ出されるんだ！』彼は愉快に考えた。

ドクトルは、満足げな顔を風から隠さず、しきりに彼の肩を叩いていた。ドクトルは実にいい気分だった。これほどいい気分だったことはたえてなかった。

『人生はまさに奇跡だ！』彼は初めて見るような目を吹雪に注ぎながら思った。『造物主はわれわれにこのすべてを与えてくださった、まったく私心なく与えてくださった、われわれが生きるために与えてくださった。そして、この空や、この雪片や、この野の見返りに、われわれに何一つお求めにならない！　われわれはここで、この世界で生きる、ただ生きることができ、われわれは自分たちのために建てられた新居に足を踏み入れるかのようにこの世界へと入っていき、造物主はわれわれにご自身の扉を開け放ちなさる、この空とこの野を開け放ちなさる！　これこそが奇跡だ！　これこそが神の存在証明だ！』

彼はいかにも気持ちよさげに凍《い》てついた空気を吸い込みながら、雪のひとひらひとひらの接触を喜んだ。彼は十全に、全身全霊で、新製品のピラミッドの力を理解した。スフィアやキューブは、現在も将来もこの世には決して存在せず、人が心に秘めたいちばん特別な夢の中で見るような、あり得ないもの、実現不可能なものの喜びを与えてくれる。鰓《えら》、翼、炎の男根、肉体の力、摩訶《まか》不思議な空間への転位、この世のものならぬ存在への愛、翼の生えた魔女との性交など。それは密《ひそ》やかな願望の喜びだ。しかし、スフィアやキューブをやった後、地上の生活は貧弱で、灰色で、平凡で、さらに一段と自由を失ったように見える。スフィアやキューブの後で人間の世界に戻るのはつらい……。

それに引き替え、ピラミッドは地上の生活を新たに発見させてくれたかのようだった。ピラミッドの後にはただ生きるのではなく、これが最初で最後とばかりに生き、喜びの人生讃歌を歌いたくなる。そこにこそ、この驚くべき製品の真の偉大さがあるのだった。

ドクトルは座席の下にあるピラミッドの包みに足で触った。『一個十ルーブル。無論、少々値は張る。だがその価値はある、それだけの金の価値が……たしかあの場所は覚えているぞ。あの間抜けなマドロミはあそこでピラミッドを何個なくしたのだろう？　五個、六個？　ひょっとして、トランクごと？　何しろ連中は製品用トランクを持っていて、各トランクが各製品用に特別に作られているのだ。あるトランクはスフィア用、あるトランクはキューブ用、そしてこのトランクはピラミッド用、という風に。製品はトランクの中に上手く収まるようになっている――隙間なく、まるでモノリスのように……ハイテクノロジーの産物だ。まさかトランクごとなくしたのか？　中には何個入っていたのだろう？　二十個？　四十個？　今は雪の下に眠っている……無傷の状態で……』

「ほら、旦那、ポサードです！」セキコフが叫んだ。

吹雪の中から旧ポサードのまばらな百姓家が近づいてきた。

「すぐ道をたずねましょう！」

「たずねよう、兄弟、たずねようではないか！」ドクトルは綿入れズボンを穿いたセキコフの膝をぴしゃりと叩いた。

車は未踏の雪原から雪に覆われたポサードの通りへと曲がった。庭で犬たちが吠えだした。ある百姓家に車を寄せる。セキコフは下車して門をノックした。ドクトルは自分の席に座ったまま煙草に火をつけ、貪るように煙を吸い込んだ。

ノックへの反応はなかなかなかった。それから、毛皮コートを羽織った農婦が出てきた。彼女と短く言葉を交わしたセキコフは万事承知し、満足してドクトルのもとへ戻ってきた。

「わかりましたぜ、旦那！　小せえ林のとこまで行くと、そこに分かれ道があって、おいらたちの道は右です！　するとまっすぐの街道があって、旦那の目指すドルゴエまでまっすぐです、どこにも曲がりゃしません！　たったの四露里でさあ！」

「素晴らしいぞ、兄弟！　実に素晴らしい！」

「日暮れまでに分かれ道を見つけりゃ、あとはめくらでもたどり着けます！」

「さあ出発だ！　出発だ！」

二人は腰を下ろして膝掛けにくるまり、そして出発した。旧ポサードはすぐに終わり、道路は低木の茂みを通り、天涯孤独の暗い葦が雪の下から突き出ているのがちらっと見えた。

『なんと！』セキコフは頭を振った。『ポサードの村人は葦も刈らねえのか。けっこうな暮らしぶりだ！』

彼は、秋になると亡父と一緒に葦を刈り、その後で束ねて家を葦でくるんだことを思い出した。毎年、屋根を葦で葺《ふ》いた。すると屋根が厚くなり、温かくなるのだった。しかしその後、火事で焼けてしまった。

「コジマ、教えてくれ、兄弟よ、お前にとって人生でいちばん大事なことは何だ？」だしぬけにドクトルがたずねた。

「大事なこと？」セキコフは鳥のような笑みを見せ、帽子を目元から上げた。「わからねえですが、旦那……大事なのは、すべてが無事なことでさ」

「無事とはどういう意味だ？」

「まあ、馬どもが健康だとか、パンを買う金があるとか……あとは、てめえが病気にかからねえとか」

「ふむ、けっこう、かりにお前の馬たちは健康で、お前自身も健康、金はあるとしよう。そのほかに何がいる？」

セキコフは考え込んだ。

「わからねえですが……養蜂をやりてえと思っとりました。せめて三つくらいの巣箱で」

「では、養蜂をやったとしよう。ほかには？」

「ほかに何がいるってんですか！」セキコフはげらげら笑いだした。

「本当にそれ以外のことにはもう何も興味がないのか？」

セキコフは肩をすくめた。

「わからねえです、旦那」

「では、人生を変えたいと思ったことは？」

「てめえのですか？　何にも。おいらたちはてめえの人生に満足しておりますんで」

「それなら、人生全般は？」

「全般？」セキコフはミトンで額を搔いた。「悪い人間が少なくなりゃあいい。そう思いまさあ」

「そいつはいい！」ドクトルは真剣にうなずいた。「悪い人間は嫌いか？」

「嫌いでさ、旦那。悪い人間には近づかずによけて通ります。悪党にでくわすと、病気にかかったみてえになります。死骸《しがい》でも食ったみてえに吐き気がするんでさ。ほら、あの粉屋。やつのことを見たり聞いたりすると、二本指を口に突っ込むまでもなく、吐き気を催します。旦那、あっしにはなんで人間が悪くなるのかわからねえんです」

「悪い人間などいない。人間はもともとは善なのだ。神の似姿に創られたのだからな。悪は人間の過ちだ」

「過ち？　なら、ええたくさんの過ちがあったもんですな。ガキの頃は、人様が鞭で打たれるのを見てられませんでした。おいらが打たれるのはええですよ、泣いて終わりですから。けど、人様が長椅子の上に寝かされると、すぐに気持ちが悪くなって、ぶっ倒れそうになるんでさ。大きくなってからも、喧嘩を見ると同じように気持ち悪くなります、丸太をごろごろ転がしてるみてえに。こりゃあ重い過ちですよ、旦那」

「そうだとも、兄弟、重い過ちだ。しかし、人生の中で善は悪よりもはるかに多い」

「ちっとは多いでしょうな」

「善、善こそが大事なのだ！」

「善は大事、当然でさあ。善を施せ、さすれば善が返ってくる」

「よく言った！　われわれははるか遠くの人々に善を施しに向かっている！　なんと素晴らしいことだろう！」

「素晴らしいことでさあ、旦那。たどり着けさえすりゃあね」

彼らは小さな林を抜けて分かれ道に出た。二本の道路――一方は左の野へ延び、他方は右の低木の茂みへ曲がっている――は雪で覆われており、誰も通った形跡はなかった。

「こっちがおいらたちの道だ！」セキコフは決然と梶棒を右に傾け、車はぎいっと軽く軋む音を立てて曲がり、雪に覆われた道を走りだした。

ドクトルは今になってようやく、もうすっかり日が傾いていることに気がついた。彼は時計を取り出した。ちょうど六時だった。

『どういうことだ？　どのくらいビタミンダーたちのところにいたのだろう？　まさかほとんど六時間も？　製品の作用はどれくらい続くのだろう？　確認すべきだった……』

道路は低木の茂みを通っていた。それは申し分なく立派な道路で、ほかの車道より広くも狭くもなく、平らで、迫る夕闇の中でさえ目についた。吹雪は相変わらず吹雪き、おさまる気配はなかった。

カーブしてから雪は真正面から吹いてくるようになった。車はスピードを落として走った。セキコフは操縦し、小馬たちはボンネットの中でがさがさ音を立てながら引いた。ドクトルは行く手にじっと目を凝らしていた。

じきにすっかり暗くなった。月は出ていない。しかし、そのことがドクトルやセキコフをうろたえさせることはなかった。彼らは相も変わらず穏やかに、確信に満ちておのれの道を進みつづけた。ドクトルには、吹雪自身が彼らに道路を示し、セキコフをしてちょうど風が吹いてくる方向に操縦させているように思えた。暗闇から現れた雪片がまっすぐ乗客たちの方へ飛んでこようと、どこにも曲がらず、ただこの方向を守ってさえいればよかった。

『風に逆らって進み、すべての困難を、すべての不条理と愚かさを克服し、何も誰も恐れることなくまっすぐ進み、ひたすらわが道を、運命の道をゆく、毅然とゆく、粘り強くゆく。そこにこそわれわれの人生の意味がある！』

車は左に傾き、鼻先から雪の中に突っ込んで止まった。馬たちはふごふごと鼻息を立てはじめた。

「落っこちた」セキコフは車を降りて雪の上を歩きだしたが、すぐに転落してほとんど腰まで埋まってしまった。「ちぇっ、溝か……」

ドクトルも降りてきて、体から雪を払った。

「窪地でさあ！」セキコフが穴の中から叫んだ。「ありがてえことに、ここには落っこちませんでした！　旦那、這い出るのを手伝ってくだせえ……」

ドクトルは彼の方へ歩きだしたが、自分も転落し、うんうん唸りながら御者の手をつかんで引っ張った。二人は助け合いながら雪の中で体を回した。最初にドクトルがセキコフを穴から引っ張り出し、その後、這い出たセキコフが足を踏み外したドクトルを助けにかかった。雪の中で体を回しながら、二人は呻き、悪態をついた。ドクトルが毛皮帽を落っことし、セキコフがそれをキャッチした。

窪地から抜け出した二人は、車にもたれ掛かって雪の上に座り、休息した。

「車を押してやらねえとなりません」セキコフは頼んだ。

「押そう！」腰を上げながら、ドクトルは帽子をかぶった頭を威勢よく振った。「どうやるか見せてくれ！」

セキコフは座席の背を押し、唇を鳴らして馬たちにバックを命じた。

「プルル！　プルル！」

ドクトルは別の側から押した。

四度試みた後、やっとのことで彼らは車を穴から押し出した。息を落ち着けて乗り込み、先へと進む。道路はひたすら低木の茂みを通り、それから低地へと下り、雪の闇の中に溶けた。道路を見分けるのは完全に不可能だった。セキコフは車を降りて歩き、足で道路を探った。ドクトルは梶棒を握り、彼の後についてゆっくりと運転した。そうやって二人は低地を抜け、上に出た。ここでもセキコフは道路を見失った。彼は膝まで雪に埋もれながら円を描いて歩き、穴に転落し、つまずき、倒れ、また立ち上がった。ドクトルは闇の中にかろうじて彼の姿を見分けた。

ついに、すっかりへとへとになって、セキコフは車に戻り、車を抱きかかえるようにして両膝を突いた。

「あぁ……」

「おい、どうした?」ドクトルは目を細めた。

「道路が消えちまった、地面に潜ったみてえに……」

「どうやって消える? どこへ行ったのだ?」

「神のみぞ知る……たぶん、森の精《レーシィ》の導きでさ、旦那……」

「私が探しに行こう」

「待ってくだせえ、旦那……」

しかし、ドクトルは雪を飛ばしてくる闇の中へ決然と歩きだした。まず、彼は車の前方へまっすぐ歩いていくことに決めた。深い雪の上を三十歩ほど進んだものの、踏み固められた道路らしきものは何も見当たらなかった。彼は車に戻り、今度は左の方へ歩きだした。すぐさま低木の茂みに突き当たった。ドクトルはそれを迂回し、選んだ方角からそれないよう努めながら、さらに先へ歩いていった。だが、再び茂みに道を遮られた。彼はまた迂回した。雪はすっかり深くなり、ドクトルはその中に埋まった。

「影も形もない!」彼は風に揺れる茂みにつばを吐き、疲れた様子で笑いだした。

疲労も、暗闇も、吹雪も、プラトン・イリイチが今日ビタミンダーたちのもとで得た、喜びと活力に満ちたあの驚くべき状態を彼から奪い去ることはなかった。

『大冒険だ!』彼は、苦しそうに、あえぎあえぎ雪を踏みつけながら思った。『これは土産話になるぞ。ジリベルシテインに話して、祝杯を挙げさせてやる、あの守銭奴め……』

彼は茂みを迂回しはじめたが、何かにつまずいて転んだ。帽子が頭から飛んでいった。ドクトルは座り込み、しばしの間、熱くなった頭を吹雪にさらしながら座っていた。それから帽子をかぶり、雪の中を手探りした。大きな丸石につまずいたのだった。

『氷河……大きな氷河が……全ルーシ（ロシアの古名）を流れ、石を運んできた。そして人類の新たな時代が始まった。人は石斧《せきふ》を手にした……』

石を支えにして立ち上がる。そして、自分の足跡をたどって引き返した。だがじきに道を外れ、再びなぜか石のところへ出てしまった。

『ぐるっと一周したのか』

そう考えてから、声に出してたずねた。

「なぜだ？」

暗闇に目を見開き、彼は自分の足跡を見つけた。再度、踏み固められたばかりの道を歩きだした。そしてまたもや石のところへ出た。

『馬鹿な！』

そしてげらげら笑いだし、鼻眼鏡を外し、これで百回目とばかりに風にのたうつ白いマフラーで拭いた。再び謎めいた低木の茂みを迂回した。足跡から察するに、彼はずっとぐるぐる歩いているようだった。

『あり得ない。どうやってこの茂みにたどり着いたのだ?!』

ドクトルは、一度目は茂みを右から迂回したことを思い出した。石のところから歩いていき、今度は左から迂回した。しかし、茂みへと続く足跡はなかった。彼はぺっとつばを吐き、まっすぐに歩きだした。そして間もなく、不愉快なことにさらにもう一つの茂みに出くわした。その枝はいかにも痛そうにドクトルの顔から鼻眼鏡をはぎ取った。

「くそったれ……」彼は紐に吊られてぶらぶらしている鼻眼鏡をキャッチして掛け、茂みを迂回し、先へと進んだ。

前方には暗闇と吹雪があった。足の下の深い雪には終わりがなかった。そして、この雪の中には道路も人跡もなかった。ドクトルはさらにもう少し雪の中を進んでから立ち止まった。雪がブーツの中に入り込み、足が冷たくなっているのを感じた。忌まわしい茂みに戻る気はさらさらなかった。彼は肺にたくさんの息を吸い込んで叫んだ。

「コジマァァァ！」

ただびゅうびゅうと吹雪の唸り声が返ってくるだけだった。

彼は再び叫んだ。最初は何やら返事の叫び声らしきものが聞こえた。ドクトルは声の方へと歩きだした。雪はあまりにも深く、もがき、つまずき、落っこちながら、彼は文字通りその上を這うはめになった。疲れ切り、息を切らし、そしてついに彼は車のところへ出た。雪に埋もれながら死んだように立っているそれは、暗闇の中で大きな雪だまりを思わせた。雪に覆われたセキコフは体を縮めて車内に座っていた。彼はドクトルの出現にまったく反応しなかった。

ドクトルは疲労で今にも倒れそうだった。

「影も形も見当たらなかった……」彼は車につかまりながらため息をついた。

「おいらは見つけました」セキコフはかろうじて聞こえる声で答えた。

「どこで?」

「あそこでさ……」セキコフは動かずに答えた。

「なぜ座っている?」

セキコフは黙っていた。

「なぜ座っているのだ?!」ドクトルは叫んだ。

「旦那を待ってたんで」

「くつろいでいる場合か、この馬鹿！　出発だ！」

しかし、セキコフは雪だるまに変わってしまったかのように動かなかった。ドクトルは彼の肩を突いた。セキコフは揺れ、こびりついた雪の塊が体から落ちた。

「出発だ！」ドクトルは彼の耳に向かって叫んだ。

「寒気がします、旦那」

ドクトルが彼の肩をつかんでひどく揺さぶったので、帽子がセキコフの顔の鼻のところまでずり落ちた。

「出発だ！」

「待ってくだせえ……ちょいと体を温めます……」

「おい、顔面を殴ってやろうか?!　凍え死ぬ気なのか、この馬鹿?!」

ボンネットの中で粕毛がいななきだしたが、どうやら主人を心配している様子だった。後に続いてほかの小馬たちもいななきだした。

「出発しろ、この間抜け！　早く！」ドクトルは御者の体を揺さぶる。

「旦那、焚き火をおこして、ちょいと温まらねえといけません。出発するのはその後でさ」

まったく思いがけないことに、その言葉はドクトルに鎮静効果をもたらした。彼はにわかに焚き火の炎を思い浮かべ、自分も雪の中を這い回って凍えてしまったことをすぐに感じた。

『寒さが強まっている……』そんな思いが脳裏をよぎる。

すぐに力が抜け、彼はセキコフを放し、かじかんだ鼻を鳴らし、頭を回しだした。

「いったいどこでおこす気だ、焚き火なんて……」

「そこでおこしましょう」あいまいにうなずくと、セキコフは座席から降りて帽子を直した。

「そこの茂みに枯れ枝があります。何か探しに行ってきますだ」

ドクトルが答える間もなく、セキコフは雪の舞い上がる暗闇へと姿を消した。

『どこへ行くんだ、この馬鹿は？』ドクトルは闇の中を見つめながら苛立たしげに考えたが、にわかに安堵し、倒れそうなほどの重い疲労を感じた。

彼は座席に潜り込み、膝掛けにくるまると、身を縮めたまま動かなくなった。周りでは吹雪が舞い、びゅうびゅう唸っていた。ドクトルはただそうやって座っていたかった。動かず、どこにも急がず、何にも手を着けず、何も話さず、ただ座っていたかった。ずぶ濡れの足は冷たかった。しかし、ブーツを脱いで入り込んだ雪を振り落とす力はなかった。

『アルコールがあるじゃないか』と彼は思い出したが、すぐさま別のことも思い出した。『酔っている方が早く凍死する。飲んではならない、何があろうとだめだ……』

彼はまどろみはじめた。

そして、元妻のイリーナの夢を見はじめた。妻は、二人がパフラ川（モスクワ川の支流）に借りた別荘《ダーチャ》の陽光あふれる広々としたテラスで、編み物をしながら座っている。彼は町から三時間列車に揺られて到着したばかり。今日は半ドン、金曜日で、その先は休日だ。彼は町で妻の好きなイチゴケーキを買ってきた。ケーキは大きすぎて、まるでソファーのように巨大だ。彼は日差しで温められたベランダの緑色の床にじかにケーキを置くと、生きた写真が何枚も飾られた壁の方からケーキを迂回し、妻のもとへ向かい、そして突然、妻が身籠もっていることに気づく。それも、七カ月目か八カ月目に入っているのは明らかで、妻のお気に入りの小さな青い花柄のワンピースの腹のところが膨れている。妻は素早く何かを編んでおり、夫に微笑みかける。

「どういうことだ?!」彼は妻の前で両膝を突き、抱擁し、密着する。

彼は幸せで泣く。彼は幸せだ。この上なく幸せだ。自分に息子ができる。子どもは男の子だということを彼は正確に知っている。そして息子はもうすぐ出てくる。彼は妻の手に、とても繊細で、とてもか弱くて生気のない手にキスする。手は彼のキスには反応せずひたすら編み物を続けている。彼は嬉しくて泣き、涙が手に、ワンピースに、編み物に流れる。彼はイリーナの腹に触り、ふと、その腹が銅の釜であることを悟る。彼は心地よい銅の表面に触り、銅の腹に耳を押し当て、腹の中で何かが沸き立ち、何かが心地よくしゅうしゅうぶくぶくいいはじめるのを聞く。腹が温まる。彼は温かい腹に頬を当て、不意に理解する――今そこで沸き立っているのは油で、油の中では小さな馬たちが煮られている、そして煮上がると、彼らはヤマウズラのフライのようになり、夫婦はそれを母の銀皿に並べ、大人になった息子に、とうの昔に成長した息子にそれを食べさせるのだ。今、息子は屋根裏部屋で眠っており、夫婦は息子の大きくて豪快ないびきを耳にし、そのいびきで別荘《ダーチャ》が揺れ、ベランダの板張りの床が細かく震える、震える、震える。

「見て、あなた」と妻は言い、彼に編み物を見せる。

それは、細かく編まれた小さな馬用の美しいブランケットだ。

「五十人も子どもができるのよ！」と妻は嬉しそうに言い、幸せそうに笑う。

鋭い打撃音で夢が破られた。

プラトン・イリイチは苦労してまぶたを開けた。周囲では相変わらず雪の闇が渦巻いている。

打撃音が繰り返された。セキコフが半円形になっている座席の背の端を斧で削り取っていた。

ドクトルはもぞもぞし、そしてすぐさま、足から頭までしみわたる震えの波に揺さぶられた。

短い睡眠の間に、じっとしていた体はかじかんでいた。寒気がドクトルの体を震わせ、歯がカチカチいいはじめたほどだった。

「すぐでさ……」セキコフは隣のどこかでがさごそ音を立てながらつぶやいていた。

われに返りながら、ドクトルは呻き、体を震わせた。セキコフは斧で車の横の雪を掘り、火をおこした。

「来てくだせえ、旦那」彼は呼んだ。

プラトン・イリイチはどうにかこうにか座席から降りた。体が震えている。歯をガタガタいわせ、重々しく足を運びながら近づき、雪穴の中に座ったが、危うく炎に当たりそうになった。彼が眠っている間、セキコフは乾いた低木の茂みを見つけ、木を伐り倒していた。枝や座席の背の破片に火をつけると、自分の体で吹雪を遮りながら、枯れ枝を折っては火にくべた。しゃがんで座っている二人の間で次第に焚き火が燃えはじめた。吹雪は炎を吹き消そうとしたが、セキコフがそうさせなかった。

枯れ枝に火がつき、ドクトルはグローブをした両手を火に伸ばした。セキコフはミトンを外し、彼もまた大きくて不恰好な両手を伸ばした。そうして彼らは何も話さずじっと座り、煙が目に入ったときだけ顔をしかめた。ドクトルのグローブが温められ、指が熱くなり、痛いほどだった。ドクトルはさっと手を引っ込めた。この痛みと火が寒気に勝利した。ドクトルはわれに返った。彼は時計を取り出して見た。七時四十五分。

「どのくらい眠っていた?」

セキコフは答えず、枯れ枝を折っては火にくべていた。炎のまばゆい光に照らされた鳥のような顔には、すべてに満足しているかのような笑みが浮かんでいた。とてもへとへとに疲れ切っているようには見えなかった。その顔には、喜びのようなものや、すべての出来事――吹雪、雪原、暗い空、ドクトル、風に踊る火――に対する感謝に満ちた従順さが表れていた。

枯れ枝が燃え尽きるまでの間に、ドクトルと御者の体は温もった。ビタミンダーたちのもとで得た元気がドクトルに戻ってきて、彼は出発し、この先も吹雪と闘う覚悟だった。逆に、セキコフの方は火に当たったことでうとうとしはじめ、まったくどこにも急ごうとしていなかった。

「道路はどこだ?」ドクトルは立ち上がりながらたずねた。

「あそこでさ……」半ば目を閉じてうなだれながら、セキコフはつぶやいた。

「どこだ？」ドクトルには聞き取れなかった。

セキコフは車の鼻先の右の方を指差した。

「出発だ！」ドクトルは断固として命じた。

セキコフはしぶしぶ腰を上げた。風が、燃えている最後の枝を撒き散らした。ドクトルは座席に入り込んだ雪を払い落として座ろうとしたが、セキコフが車をその場から動かそうと座席の背を押しているのを見て、自分も手伝いはじめた。

「そら、そら、そらっ！」セキコフは押しながら弱々しく叫んだ。

馬たちはどうにかこうにか走りだした。車が発進したが、まるでボンネットの中には馬たちなどまったくおらず、ただ二人の人間が斧で切り刻まれた背面を後ろから押しているだけであるかのように、非常にゆっくりと進んだ。

「さあ！　さあ！　さあ！」セキコフは怒鳴りつけた。

車は相変わらずゆっくりと進んだ。セキコフは押すのをやめ、ボンネットの雪を払い落としてそれを開けた。

「どうした？」彼は怒気をはらんだ声でたずねた。

小馬たちは自分の主人を見つけ、ばらばらにひひんと笑いだした。その声から、馬たちが少し疲れて凍えそうになっているのは明らかだった。

「おめえらのこと食わしてやらなかったか？」セキコフはミトンを外し、手のひらで馬たちの背中を撫でた。「世話してやらなかったか？　いってえどうした？　さあ！　さあ！　さあっ！」

彼は手で馬たちを軽く押した。馬たちはさっと頭を上げると、歯を剝いてひひんと笑い、主人の方へ目を向けた。

「おめえらだけが希望なんだ、ぐうたらども」そう言ってセキコフは彼らを撫でた。「あとほんのちょっと行けばいいだけだってのに、さぼりやがって。さあ、さあ、さあっ！」

彼は馬たちの背中をぽんぽん叩いた。

ドクトルは両手を振りながら体操にとりかかった。セキコフは身を屈め、ボンネットの中にかなり体を突っ込み、もう少しで顔が触れそうなほど馬たちの背中の上にすっかり覆いかぶさった。

「さあ、さあ、さあっ！」

馬たちは頸環が許す限り顔を上げたかと思うと、いななきはじめ、その顔をくわえようとした。

「言ってみな、いっ、てみ、な！」セキコフはにっと破顔した。

仲良く揃ったいななきがボンネットを満たした。馬面が主人の方へ伸び、霜で覆われた馬の鼻が人間の頰と鼻にぶつかり、まばらな顎ひげの房を引っ張った。セキコフはいつものように、馬たちを押し流すようにふーっと激しく息を吹きかけた。だが、それは小馬たちをより強くあおり立てるだけだった。粕毛はほかの馬よりも強く飛び上がり、頸環が壊れそうなほど体を伸ばし、歯を剝き出して笑い、主人の鼻柱をくわえた。

「ああ、何しやがる」セキコフは馬の背中を指先で弾いた。

馬たちがひひんと笑う。

「ほら、ほら」セキコフは激励するように馬たちを両手でぺちぺち叩きだした。「死んでんのか？　つべこべ言うな！」

彼は小馬たちにウインクしてボンネットを閉じ、背筋を伸ばすと、自分を励ますように、ミトンをはめた手を力強く叩いた。

「出発だ！　出発だ！」

体操のおかげで息切れしながら、ドクトルは座席の背につかまった。

「出発だ！」

セキコフは別の側に駆け寄り、斧で削られた木をつかんだ。

「出発だぁぁ！」

車が動きだし、吹雪に逆らって滑りだした。

「しゅっ、ぱつ！」ドクトルは唸った。

「しゅっぱぁぁぁつ！」セキコフはかすれた声で叫んだ。

車はモーターボートが水上を走るように雪の上を走り、セキコフはかろうじて見分けられる自分の足跡に従ってでもなく、ただ、道路はこの先にあって、間違いなどあり得ないという、おのれの揺るぎない確信に従って操縦した。

彼らは道路に出た。

「座りましょう、ドクトル！」セキコフが叫んだ。

ドクトルは歩きながら乗り込み、座席にどすんと腰を下ろした。セキコフはさらにもう少し車を押してから飛び乗り、梶棒を握って座った。

車は雪に覆われた道路を走った。

突然、真っ暗な空で何かが起き、旅人たちは前方に、野を、低木の茂みを、右側に黒い森の筋を、左側にぽつんと野に立つ二本の巨木を見た。これらすべての上に、はっきりわかるほどの雪が降っていた。

ドクトルとセキコフは頭を上げた。欠けてはいるが明るい月が雲間から顔を覗かせたのだった。そして、灰色の雲の群れが引き裂かれ、空が紺色《こんいろ》に満ちているのが見えるようになった。

「ありがてえ、神様！」セキコフはつぶやいた。

そして、神秘的な見えざる手の指図を受けたかのように、飛んでくる雪はまばらになり、弱まり、そして間もなく完全に途絶えた。突風だけが地吹雪となって野と道路を駆け抜け、道端の茂みを揺らしていた。

「おさまりましたぜ、旦那！」セキコフは笑いだし、ドクトルの脇腹を肘で小突いた。

「おさまったな！」ドクトルは毛皮帽をかぶった頭を嬉しげに振った。

黒雲はなおも月にかかっていたが、もはや無力だと感じられた。雲は素早く空から流されていった。そして、じきにすっかり消え去った。星が輝きだし、月が周囲のものすべてを照らした。

吹雪がやんだ。

雪に覆われた道路がよく見えるようになり、馬たちは引き、車は降ったばかりの雪の上で滑り木をさらさらいわせながら走った。

「こりゃついてますぜ、旦那！」セキコフは帽子を直しながら微笑んだ。「『運がいいやつのところにゃ、雄鶏まで卵を産む』でさ」

ドクトルはお祝いに一服したくなったが、考え直した。煙草がなくともいい気分だった。周囲が息を呑むほど美しくなった。

大雪原の上に雲一つない夜空が広がった。月は空で独裁的に光り、ごく最近降ったばかりの無数の雪片に反射しては、ボンネットの霜の降りた筵を、梶棒を握るセキコフのミトンを、ドクトルの毛皮帽を、鼻眼鏡を、オーバーを銀色に変えた。高みにある星たちはダイヤをちりばめたように傲慢に輝いていた。凍てつく弱い風が右の方から吹いてきては、真夜中のにおいを、新雪のにおいを、遠い人里のにおいを運んできた。

以前の喜ばしくはつらつとした生の感覚が戻ってきて、ドクトルは疲労も、かじかんだ足のことも忘れ、凍てつく夜気を胸いっぱいに吸い込んだ。

『障害の克服、道の意識、不屈さ……』彼は周囲の世界の美しさに心地よく身を委ねながら考えた。『人間は誰しも、おのれの人生の道を見いだすために生をうける。主はわれわれに人生をお与えになり、われわれにただ一つのことを望まれる。何のためにわれわれがまさにこの人生を与えられたのかを自覚することを。動植物のように完璧ではあるが無意味な人生を送るためではなく、自分が何者で、どこから来て、どこへ行くのか、このたった三つのことを理解することを。たとえばこの私、ドクトル・ガーリンは、ホモ・サピエンスであり、神の似姿に創られ、今はこの夜の野を村へ、患者たちのもとへ向かって走っているが、それは彼らを助け、エピデミックから守るためだ。そこにこそわが人生の道があり、それこそが今ここで私が歩んでいる道なのだ。もしも急にこの光り輝く月が地上に崩れ落ちてきて、そこで人生が終わるとしても、その瞬間の私は「人間」と呼ばれるに相応しいだろう。なぜなら、私はおのれの道を外れなかったからだ。なんと素晴らしいことだろう！』

突然、馬たちが駆動ベルトの上で足踏みしながらふがふがと鼻息を立てはじめた。車がスピードを落とした。

「どうした？」セキコフが帽子を直した。

馬たちが鼻息を立てながら止まった。

セキコフは腰を上げ、前方に目をやった。右側のまばらな藪《やぶ》の中に二つの影がちらついた。

「狼じゃねえだろうな？」セキコフは雪の中に飛び降り、帽子を脱いで目を凝らした。

ドクトルにはとくに何も見えなかった。しかし突然、茂みの中で二対の黄色い目が光った。

「狼だ！」セキコフは嘆息し、帽子を振った。「こんなときに……」

「狼だな」ドクトルは同意してうなずいた。「心配するな、私は拳銃を持っている」

「これじゃ馬どもが走らねえ」セキコフは帽子をかぶり、ミトンをはめた手でボンネットを叩いた。「ああ、なんでこんなときに……」

「脅かしてやろう！」ドクトルは決然と車を降りて後ろに回り、旅行鞄を外しにかかった。

「もう二匹……」セキコフは左側の少し離れたところに二匹の狼がいることに気づいた。

視線を前に移すと、遠く月明かりに照らされた野を静かに横切るもう一匹の狼が見えた。

「五匹でさ！」とドクトルに叫ぶ。

狼たちが唸りだした。

小馬たちは鼻息を立て、怯えた声でいななきだした。

「心配するな、渡さねえから！」セキコフがボンネットを叩く。

ドクトルは雪をかぶった旅行鞄を苦労して外すと、それを持ってきて座席の上に放り投げて開け、先の丸い小型拳銃を見つけ出し、撃鉄を起こした。

「やつらはどこだ？」

「あっちでさ」セキコフは片手を振った。

ドクトルは狼たちの方向へ四歩歩いたが、そこで道を踏み外して雪の中に埋まった。茂みを狙って三発撃った。ただでさえ冷たい光でよく照らされた平原が、黄色い閃光《せんこう》でぱっと明るくなった。

発砲音でドクトルの右耳がキーンとした。

狼たちはゆっくりと右の方へ、五匹すべてが次々に駆けていった。ドクトルはそれを見て言った。

「これでどうだ……」

そして、彼らに向かってもう二発撃った。

狼たちは同じようにゆっくりと走っていく。そして、じきに茂みの向こうへと姿を消した。

「ほらな」ドクトルは火薬のにおいがする拳銃をポケットに突っ込み、セキコフの方を振り向いた。「道が空いたぞ！」

「道は空きましたが……」セキコフはボンネットを開けながらがさごそ音を立てだした。「馬どもの方がその……」

「その、何だ？」

「狼のにおいを怖がってるんで」

ドクトルは狼たちが走り去った方向を一瞥した。狼たちは野中に姿を消していた。

「やつらは消え失せたぞ！」彼は毛皮帽をかぶった頭を振った。「においがどうしたというのだ?!」

ドクトルの言うことには耳を貸さず、セキコフは筵を開けた。馬たちはボンネットの中で黙って立っていた。顔を回してセキコフを見た。

「心配するな、誰にも渡しゃしねえ」彼は馬たちに言う。

彼らは小さな耳を動かしながら黙ってきょろきょろしていた。

「どうしたのだ？」ドクトルはボンネットの上に身を屈めた。

「ちょいと立たせておきます」セキコフは帽子の下を掻いた。「それから出発しましょう」

「立たせておく、とはどういうことだ？」

「ちょいと怖気づいちまったんで」

ドクトルはじっとセキコフを見つめた。

「なあ、兄弟よ、いいか。私に馬鹿な態度をとるのはやめろ。怖気づいただと！　何か、お前とここでのんびり一夜を過ごせというのか⁈　さっさと座れ！　そして馬どもを駆り立てろ、くそったれ！　早く！　怖気づいただと！　何が立たせておくだ！　もう十分突っ立っていただろうが！　さっさとしろ！」

ドクトルの大音声が周囲に響き渡った。

セキコフはおとなしく馬たちを覆いにかかった。ドクトルは自分の席に座り、脚の間に旅行鞄を置き、ピラミッドの包みに触った。無事だ。

セキコフは隣に座って梶棒を握り、手綱を引き、唇をチュッと鳴らした。

「そらっ、おめえら」

ボンネットの中は空っぽになったように静かだった。セキコフはドクトルに目を向け、再び唇を鳴らした。

「そら！」

ボンネットの中の静寂は乱れなかった。

「何だ、私を愚弄《ぐろう》しているのか？」ドクトルは辛抱たまらず目を細めた。「ほら、鞭をよこせ！　開けろ！」

彼はケースから小さな鞭を抜き出した。

「走りませんぜ、旦那」

「開けろと言っているのだ！」

「やめてくだせえ、旦那。狼どもにビビっちまったんでさ。遠ざからねえうちは走りません。前にもフリュピノ辺りで二時間も立ちん坊だったことがありました……」

「開けろっ！　開けないか！」ドクトルは叫びだし、力を込めてセキコフを突き飛ばした。

セキコフは御者席から落っこちて帽子をなくし、雪の中でもぞもぞしだした。ドクトルはぎこちなく飛び降り、みずから筵をボンネットから外しに掛かった。

「立たせておくだと！　何が立たせておくだ！　あちらでは人々が死んでいるというのに、立たせておくだと！」

セキコフは帽子を手にドクトルに近づいた。

「旦那、やめてくだせえ」

「見せてやる。何が立たせておくだ……」ドクトルは霜が降りた筵の輪っかをフックからぐいっと外しながらつぶやいた。

そしてふと悟った――セキコフ、この無目的で何の志もない男、だらしないほどのろまで、昔ながらの百姓臭い運頼みをやめられないこの男こそ、ドクトルの道を、目的への直線運動を妨げている張本人なのだと。

『腐ったやつだ！』ドクトルは腹立たしげに考えた。

筵を半分外して開けた。

月の光を浴びた小馬たちは陶磁器さながらにたたずみ、ドクトルを見つめていた。

「さあ、走れっ！」そう言ってドクトルは鞭を振り上げたが、セキコフがその手をつかんだ。

「旦那……」

「何だ？」ドクトルは手をぐいっと振り払った。「何だ？　サボタージュする気か？」

「旦那……」セキコフはドクトルと車の間に体を割り込ませた。「打たねえでくだせえ」

「貴様……裁判にかけるぞ、このろくでなし！」

「旦那、手出ししねえでくだせえ、こいつらは打たれたことがねえんで……」

「いいから離れろ！」

「離れねえです、旦那」

「離れろ、馬鹿者！」

「離れねえです」

ドクトルは鞭を投げ捨て、腕を振り上げると、拳でセキコフの顔面をぶん殴った。セキコフは力なく雪の中に倒れた。

「おいらのことは殴ってくだせえ、けど、こいつらのことは殴らせねえ！」と彼が押し殺した必死の声でほとんど叫ぶように言ったので、ドクトルは次なる一撃のために拳を上げたまま固まってしまった。

『私は何をやっているのだ？』ドクトルは自分自身の激しい怒りに驚いてあとずさった。

セキコフは雪の中でもぞもぞしはじめ、車にもたれ掛かって座り、帽子を拾った。そして、黙ってそれを目深にかぶった。鳥のような顔は、ドクトルには相変わらず笑みを浮かべているように見えた。帽子をかぶったセキコフは座ったままじっとしていた。

驚くべきことに、小馬たちは相変わらず黙っていた。

ドクトルは重々しく嘆息してその場を離れ、煙草を取り出して吸いはじめた。狼の唸り声はすっかり遠ざかっていた。

『なんと愚かな……われを忘れてしまった。なぜだ？　すべて事なきを得て、吹雪もおさまった。なのに、やつは行きたがらない……馬鹿馬鹿しい！』

そして、最後に人の顔を殴ったのは、地元のレピシナで、ベニテングタケを食いすぎた三人の青年を縛りつけたときだったと思い出した。一人は二度も殴るはめになった。

『また魔が差した……』とドクトルは悔しまぎれに考え、吸いさしの煙草を投げ捨てた。

セキコフに近づき、しゃがみ込んだ。片手を彼の肩に置いた。

「コジマ、その……怒らないでくれ」

「べつに……」セキコフは薄く笑った。

ドクトルは、傷ついた唇が出血していることに気づいた。自分のハンカチを取り出し、セキコフの口に当ててやる。

「大丈夫です、旦那……」セキコフは彼の手をどけ、ぺっとつばを吐いた。

ドクトルは彼の腕を取って助け起こした。

「さあ、ほら」

セキコフは腰を上げ、背中で車にもたれながら立ち上がった。唇にミトンを当てた。

「怒らないでくれ」ドクトルは彼の肩をぽんと叩いた。「疲れていただけだ」

セキコフは薄く笑った。

「行かねばならんのだ」ドクトルは彼の軽い体を揺すった。

「知れたことでさ」

「なら、なぜ突っ立っている？　出発しよう」

「あいつらが走らねえんです、旦那。ショックが消えねえと」

ドクトルは何かぴりっとした重みのある言葉を口にしようとしたが、考え直し、腹立ちまぎれに片手を振ってその場を離れた。セキコフはぺっぺっとつばを吐き、ミトンで唇に触りながらたたずんでいたが、それから馬たちを覆ってやり、筵を留めた。

「小一時間も立ってりゃ正気に戻ります。その後で出発しましょう」

「好きなようにしろ」

ドクトルは自分の席に座って膝掛けにくるまり、かすかに輝く鼻眼鏡が載った鼻だけを毛皮帽の下から突き出して身を縮めた。何やら急に寒気がして、居心地が悪くなったが、それは厳しい寒さのせいだけではなかった。彼がビタミンダーたちのところから出てきたときの楽観と元気が雲散霧消していた。ドクトルは寒くなり、不快な気分になった。

『醜態だ……』彼はグローブをした両手をオーバーの深いポケットに突っ込み、右ポケットの中の冷たい拳銃を探り当てながら考えた。『われわれの人生は絶え間ない醜態だ……』

「不潔《シュヴァイナライ》だ！」彼はドイツ語で言った。

セキコフが近づいてきて、自分の席に乗り込み、ドクトルの隣に座った。彼の中には悔しさも怒りも感じられなかった。ただ上唇が少し腫れ、鳥のような口がよりいっそう滑稽になっただけだった。

そのまま二人は十分ほど座っていた。月は相変わらず澄んだ空に輝き、風はどうにかおさまっていた。周囲には凍てつく静寂が立ち籠めていた。小馬たちだけがボンネットの中でそっと小刻みに蹄の音を立てていた。

「アルコールでも飲むか?」ふと、ドクトルは声に出して自問した。

セキコフは返事にため息をついただけだった。

「一口ずつ?」ドクトルは彼の方を向いた。

セキコフは洟をすすった。

「反対はしません、旦那。もちろん寒いんで……」

「寒いな」ドクトルはうなずくと、身を屈めて自分の旅行鞄を開け、うんうん唸りながらその中を掻き回し、アルコールが入っただるま形の瓶を取り出した。

ゴム栓を抜いてにおいを吸い込み、手を上げて分厚いガラス越しに月を見る。

「われわれの健康に」

ごくりと大きく一飲みし、左手を唇に当て、焚き火の煙のにおいが染み込んだ冷たいグローブの中にゆっくりと息を吐き出した。アルコールは燃えるように食道を流れていき、それは沸き立つ油の入った銅の釜を思い起こさせた。

「行け《ヴァ》、わが想いよ《ペンシエロ》……」と彼はつぶやき、凍てつく空気を鼻で吸い込むと、疲れたように笑いだした。

セキコフは彼の方をちらちら見ている。

「ほら、飲め」ドクトルは彼に瓶を渡した。

相手は両手でそれを受け取り、身を屈めると、仰け反りながらゆっくりと飲んだ。息を止めたまま固まっている。それから百姓風に喉を鳴らし、頭を振ると、ドクトルに容器を渡した。

「いいだろ?」ドクトルがたずねる。

「いいです」セキコフは騒々しく鼻で息をしはじめた。

ドクトルはガラス瓶に栓をし、旅行鞄にしまった。セキコフの手首を握る。

「怒らないでくれ」

「べつに……」

「疲れていたらしい……うんざりだ」

セキコフはうなずいた。ドクトルは哀愁を込めて周囲を見渡した。

「なあ、兄弟、どうにかして馬たちを急かしてくれないか」

「じきに勝手に走りだします。旦那、これは小せえ馬どもの性《さが》なんで。犬にも狼にも怯えるんでさ。イタチにだって」

「だから狼どもは跡形もなく消えたではないか!」ドクトルは怒気を孕《はら》んだ声で叫んだ。

「そうですが、恐怖が残ってるんでさ」

「あともう少し行けばいいだけだというのに」

「たどり着きます」

「患者たちが私を待っているのだ」とドクトルはもはや何の非難も込めずに言い、煙草に手を伸ばした。

セキコフは毛皮コートの襟を立てて身を縮め、おとなしくなった。

反対に、ドクトルの方はアルコールを飲んだことでエネルギーと熱の充満を感じた。まるで腹の中で熱帯の花が開いたかのようだった。

「残り二本だ！」彼は薄笑いを浮かべながらセキコフにシガレットケースを見せた。

セキコフは動かなかった。

ドクトルは煙草に火をつけた。苛立ちと焦燥が消えた。彼は煙草を吸い、目を細めて雪原を眺めながら座っていた。涙が込み上げてきたが、体を動かして拭く気はしなかった。まばたきしたが、涙は目の中に溜まったままで、周囲のものすべてをゆらゆらと揺らし、目の隅で心地よく冷えていった。

『なぜわれわれはたえずどこかへ急いでいるのだろう？』そう考えながら、彼は美味《うま》そうに煙を吸い込み、そして吐き出した。『私はあのドルゴエへ急いでいる。明日着いたからどうだというのだ？　あるいは、明後日だったら？　何の違いもありはしない。感染したり咬まれたりした者はどのみちもはや決して人間には戻れない。射殺される運命だ。家の中にバリケードを作って立てこもっている者たちは、いずれにせよ私の到着を待てるだろう。そして、ワクチンを打たれるだろう。そうすれば、もはやボリビアの黒い病など怖くない。無論、ジリベルシテインは不満だろうが。やつは私のことを待ちながら、口を極めて罵っているだろうな。だが、私にはこの冷たい雪の空間を即座に克服することはできない。この雪を飛び越えることはできないのだ……』

ドクトルはゆっくりと煙草を吸い終え、吸い殻を投げ捨てた。

黒雲が月にかかり、雪原を真の真夜中に変えた。

「寝てないか?」ドクトルは御者の体を小突いた。

「いえ……」セキコフは答えた。

「寝るなよ」

「寝やしません」

黒雲が月から離れた。野が照らされた。

セキコフはアルコールを飲んだことで体が温まり、穏やかな気分になった。彼は自分の両脇を抱きかかえ、目元まで帽子に埋もれ、両膝を腹に押しつけ、薄目を開けて月下に広がる野を眺めていた。もはや暖められていない自宅のことなど考えもせず、ただひたすら座って眺めていた。ドクトルは彼に、馬たちのことを、彼らが最初に狼を怖がったのはいつのことで、それはどんな理由からだったのか、そしていつになったら正気に戻って車を引けるようになるのかたずねようとしたが、すぐさま考え直し、周囲に広がる絶対の平安に身を委ねて同じようにじっと座っていた。

風がすっかりおさまった。

そのまま二人はもうしばらく座っていた。ドクトルも、セキコフも、動きたくなかった。まばらな雲の切れ端が月にかかっては離れ、かかっては離れた。かかっては離れた。

ドクトルはガラス瓶の中にもう少しアルコールが残っていたのを思い出した。彼は瓶を取り出し、かなり間隔を開けてごくりと大きく二口飲み込んだ。呼吸が落ち着いてから、瓶をセキコフに差し出した。

「飲み干せ」

セキコフは虚脱状態からわれに返り、瓶を受け取ると、ミトンを口に当てておとなしく飲み干した。空き瓶を旅行鞄にしまったドクトルは、筵から雪を掻き寄せて口に入れ、もぐもぐと口を動かした。温もりが再び身内に広がり、気分がよくなり、元気が湧いてきた。体を動かして何かしたくなった。

「ほら、兄弟、出発だ！」ドクトルはセキコフの肩を叩いた。「いつまで止まっているつもりだ」

セキコフは下車して筵を開け、ボンネットの中を覗き込んだ。馬たちが彼を見た。

「出発だ」セキコフは彼らに言った。

いちばん身近な人間の声を聞いた馬たちは、ばらばらにいななきはじめた。セキコフは励ますようにうなずくと、ボンネットを覆って乗り込み、手綱を引いた。

「そらっ！」

小馬たちはおそるおそる駆動ベルトを叩きだしたが、それはまるで人間たちが必要としている仕事のやり方を忘れてしまったかのようだった。

「そらっ！」

車が震え、滑り木が軋む。

「そらぁぁぁぁ！」ドクトルも叫んで笑いだした。

車が走りだした。

「そら、見ろ！　狼なんぞいやせん！」ドクトルはセキコフの脇腹を拳で小突いた。

「正気に戻ったんでさ」セキコフは腫れた唇で笑った。

野を進む。雪に覆われた道路はよく見えた。少し突き出ており、黒い地平線へ帯のように延びている。

彼はいい気分で、心地よかった。

小馬たちは徐々にスピードを上げていった。

「ほら、見ろ、ほら、見ろ……」ドクトルは満足げに自分の膝を叩いた。

矮林《わいりん》を通り、再び大きく開けた野に出た。月が照っていた。

「どうしてこんな弱々しく引いているのだ？」ドクトルはセキコフの脇腹を肘で小突いた。「ちゃんと餌を与えていないのか？」

「たっぷり与えてまさあ、旦那」

「鞭で打って、速く走らせろ！」

「まだショックから醒《さ》めてねえんで」

「じゃあ何か、こいつらは仔馬だとでもいうのか?!」

「仔馬じゃねえです」

「ではなぜこんなにのろい？　ほら、鞭で打て！」

「そらっ！　そらっ、走れ！」セキコフは手綱を引いた。

馬たちはスピードを上げた。だが、ドクトルには物足りなかった。

「何をぐったりしたように這っているのだ?!　そらっ！　走れっ！」彼はボンネットを叩きだした。

「そらっ、おめえら！」セキコフは叫び、口笛を吹いた。

馬たちはさらにスピードを上げた。

「ほら、見ろ、ほら、見ろ……」ドクトルは喜んだ。「あとほんの少しだ。そらっ！　走れ！」

「そらっ！」セキコフは叫び、唇を鳴らした。

馬たちが少し疲れているのはわかっていたが、懲《こ》らしめてやる気になった。

『しまいに走ってくれりゃいいし、体も温まるかもしんねえ！』彼はアルコールを飲んだ後の愉快な熱を身内に感じながら考えた。

「そら、鞭で打て！」ドクトルは要求した。「どうなっているのだ、物置のネズミみたいに！　その敷物を外せ！」

『そうだな、取ってやってもいいか……雪はやんだし、あんまし寒くねえし……』とセキコフは考え、走りながら器用に前へ這い出すと、筵を外して巻き上げた。

ドクトルは月明かりに照らされた小馬たちの背中を見た。まるっきり玩具の馬のようだった。

「さあて……」ドクトルはケースから小さな鞭を引き抜いた。

『打たせてみよう……』セキコフは承知した。

ドクトルは腰を上げ、振りかぶって馬たちの背中に鞭をくれた。

「そらっ！」

馬たちはさらに力強く駆けだした。ドクトルはまた打った。

「そらぁぁ！」

馬たちは鼻息を立て、加速した。馬たちの足が見え隠れし、背中が揺れ、それはドクトルに、十月にヤルタでナジーンと見た波立つ海を思い起こさせた。あのとき、彼はちっとも海に入る気がせず、海岸にたたずんで波を眺めていたが、ストライプの水着を着たナジーンはたえず彼を海の中へと引っ張り、彼のことを慎重家と呼んだ。

「そらっ！」彼はしたたかに鞭をくれ、馬たちの背中に震えが走ったほどだった。

馬たちは勢いよく走りだした。車は飛ぶように野を駆けた。

「これでいいのだ！」ドクトルはセキコフの耳に向かって叫んだ。

凍てつく空気が彼らの顔を打った。セキコフは口笛を吹きだした。

馬たちは車を運び、雪は滑り木の下でさらさら音を立てた。

「どうだ！　実によいではないか！」ドクトルは鞭を振りながら座席にどすんと腰を下ろした。

「かく駆けるべしだ！」

セキコフは時折口笛を吹きながら巧みに操縦した。彼もいい気分で、あと三露里も行けばドルゴエだとわかっていた。野が終わり、道路の両脇にトウヒの若木が現れた。雪化粧した美しいトウヒの木々が道路を取り囲んでいる。

「走れぇぇ！」とドクトルは叫び、馬たちの頭上で鞭を振り回しだしたが、勢い余って鼻眼鏡が鼻から飛んでいった。

車はトウヒ林の間を疾走した。セキコフは路上になだらかな小山のようなものを認めたが、馬たちを止めようとはしなかった。

『さっと通っちまおう！』

車は小山に飛び込み、激しく揺れ、バキッと音がし、旅人たちは座席から雪の中へ放り出された。車は小山の上でひどく傾いたまま立ち往生した。馬たちはボンネットの中で鼻息を立て、もがきだした。

「くそったれ……」と毛皮帽をなくしたドクトルはつぶやき、膝をつかんで痛みに顔をしかめた。

「ちくしょう……」セキコフは雪だまりから頭を引き抜き、顔の雪を払った。

そして、すっ飛んでいった帽子を探して雪だまりの中で体を回しだしたが、馬たちの怯えた鼻息を聞きつけてそちらへ駆けつけ、ボンネットの中を覗き込んだ。馬たちは主人の庇護《ひご》を求めていなないきだした。

「よしよし……」ミトンを外し、馬たちを触ってなだめにかかる。「でえじょうぶ、でえじょうぶだ……無事か？」

怪我をした馬は見当たらなかった。頸環と丈夫な革紐が支えてくれたのだった。

「無事だ、無事だな……これくれえですんでよかった……」彼は、高速で走ったために汗だくになり、もくもくと湯気を立てている背中を撫でてやった。

ドクトルは膝をつかんで呻いていた。車にひどくぶつけたのだった。

馬たちを落ち着かせたセキコフは帽子を探しに行った。幸い、月は相変わらず雲に遮られることなく照っていたので、セキコフはすぐに自分の帽子を見つけ、雪をはたき落として目深にかぶった。そして、ドクトルの方へと歩いていった。彼は雪の中に座ったまま呻き、無帽の頭を振り、悪態をついていた。セキコフは彼の帽子を拾い上げ、頭にかぶせてやった。

「どこも折っちゃいませんかい？」セキコフがたずねる。

「くそ……」ドクトルは膝に触っていた。「折れてはいないようだが……くそ……痛い……」

セキコフは彼の腋《わき》の下《した》を抱えた。ドクトルは慎重に立ち上がろうとしたが、すぐに呻き声が漏れ、雪の中にへたり込んだ。

「待ってくれ……」

セキコフは隣でうずくまり、今になってようやく、自分の下の前歯が一本、梶棒にぶつかって折れていたことに気づいた。

「ああ、こんにゃろ……」彼は口中の欠けた歯に触り、頭を振って薄く笑った。「こりゃびっくりだ！」

ドクトルは雪をすくって膝に当てた。

「すぐに……すぐに……」

雪を押さえながら、虚ろな目をセキコフに向けた。

「あれは何だったのだ？」

「わかりません、旦那……」セキコフは歯に触っている。「これから見てきますだ」

「なぜ馬を止めなかった？」

「旦那が急き立てたんで」

「私が急き立てただと！」ドクトルは異様に憤慨した様子で頭を振った。「急き立てたのは私だが、操縦していたのは貴様だろうが、馬鹿者めが……くそ……うぅ……」

彼は顔をしかめながら膝の方へ身を屈め、むっちりした唇からふーっと息を吐いた。

「小山みてえなもんだと思ったんで、さっと通っちまおうと」

「さっと通るだと！」ドクトルは意地悪く笑いだした。「危うく死ぬところだったぞ……」

「なだらかな山だったんで」セキコフはしゃがんだ状態から立ち上がり、車の方へ歩いていった。

前方に回り込んで目を向け、そして凍りついた。十字を切った。

「神様、汝《なんじ》の御心のままに。旦那、おいらたちが突っ込んだものを見てくだせえ」

「待て、馬鹿者……」ドクトルは呻いている。

「なんてこった、こんにゃろ。旦那！」

「黙れ、馬鹿者」

「こりゃあ……誰も信じてくれねえな……」

「うぅ……」ドクトルは膝をさすっている。「手を貸せ」

「神様、なんだっておいらにこんな災難が？」セキコフはしゃがみ込み、腹立ちまぎれに自分のフェルト長靴を両手で叩いた。

「手を貸せと言っているだろ！」

セキコフは彼のもとへ戻り、助け起こした。

「神様がおいらに腹を立てなさったようです、旦那。こんなもんにぶつかるなんて」

彼は途方に暮れた様子で、鳥のような口に浮かべた笑みは乞食のように哀れだった。

ドクトルは苦労して立ち上がり、背筋を伸ばした。セキコフに寄り掛かりながら、痛めた足を運んだ。呻き声が漏れる。荒い息を吐きながら、しばらくたたずんでいた。また一歩進んだ。

「ああ、くそ……」

顔をしかめながら立っている。それから手を振り上げ、セキコフの後頭部を平手打ちした。

「いったいどこへ連れてきたというのだ、この馬鹿者?!」

セキコフは身を縮めすらしなかった。

「いったいどこへ連れてきた?!」ドクトルは彼の帽子に向かって叫びだした。

ドクトルからセキコフの方へ強いアルコールのにおいが心地よく漂ってきた。

「旦那、あそこに……」セキコフは頭を振った。「旦那は見ねえ方がいいです」

「馬鹿者！　この畜生めが！」ドクトルは鼻眼鏡を掛け、顔をしかめながら足を踏み出し、傾いた車を見て両手を広げた。「貴様はなんという畜生なのだ?!」

セキコフは黙っていた。

「ちく、しょう、めが！」

ドクトルの強い声が雪に覆われたトウヒ林に轟《とどろ》きわたった。

セキコフは彼から離れて車の前の方へ向かい、洟をすすりながら立ち止まった。

「何だってこんな畜生に生まれついたのだ……」ドクトルは足を引きずりながらそちらへ歩いていき、立ち止まって見た。

そして、眉を上げたまま凍りついた。

車の真正面の雪の下から何かが突き出ていた。最初、ドクトルはそれを根こそぎにされた古木の切り株だと思った。しかしよくよく見ると、死んだ巨人の頭部だとわかった。その左の鼻の穴に、車の右の滑り木が突き刺さっていた。

ドクトルは自分の目が信じられず、凝視しながら目をぱちくりさせた。彼らが飛び込んだ小山は、ほかでもない、雪に覆われた大きな人間の死体だったのだ。

膝の痛みも忘れ、プラトン・イリイチは車の方へ一歩踏み出し、体を屈めた。凍りついた巨大な頭は髪が乱れ、額は皺だらけで、眉は濃く、衝撃で少し雪が落ちていた。滑り木が肉づきのいい鼻の穴の中へと消えていた。巨人の眉やまつげや髪に積もった雪片が月明かりで銀色に輝いていた。死んだ目の片方は雪に覆われており、もう片方の目は半ば閉じ、夜空をじっと威嚇《いかく》するように見つめていた。

「なんということだ……」ドクトルはつぶやいた。

「そういうことでさ……」セキコフは命運尽きたようにうなずいた。

ドクトルは頭の隣に腰を下ろし、隠れた目から手で雪を払い落とした。それも半眼だった。口は雪に覆われたひげの中に隠れ、その上に車の鼻先が覆いかぶさっていた。雪から突き出た巨人の耳の中で、二プードのダンベルの形状をしたずしりと重い銅のイヤリングが輝いていた。

ドクトルは慎重にダンベルに触った。凍りついた巨大な鼻に触った。肌は汚く、ざらざらで、ニキビだらけだった。振り返るとセキコフが立っていたが、その表情ときたら、ずっと前に行方知れずになった実の兄弟の鼻の穴に車が突っ込んだかのようだった。

ドクトルはげらげら笑いだし、仰向けに倒れた。笑いがトウヒ林に響きわたった。車の内部にいる馬たちは反応して不安げにいななきだした。それはドクトルに新たな哄笑の発作を引き起こした。彼は雪の上で背中をもぞもぞさせながら笑い、鼻眼鏡を輝かせ、肉づきのいい口を大きく開けながら笑った。

セキコフは濡れたコクマルガラスよろしく突っ立っていた。その後で舌打ちをはじめた。そして彼もまた微笑み、みっともないほど大きな帽子をかぶった頭を振りだした。

「たいした名人だな、コジマ！」笑い終えると、ドクトルは涙ぐんだ目を拭いた。

「へえ、よりによって……旦那、だから話しても誰も信じてくれねえって言ったんでさ」

「信じてくれないだろうな！」ドクトルは帽子をかぶった頭を振った。

彼は立ち上がって体の雪を払い落とした。足を引きずりながら後ろに下がり、改めて眺めた。

「六メートルくらいのノッポだな……よりによってこんなところでくたばるとは」

セキコフは、巨人の死体のそばに、雪に覆われた大きくて丸い物体があることに気づいた。彼はその物体を足で蹴って雪を落とした。雪の下には編み籠の枝が見えた。セキコフがミトンで雪を払い落とすと、ガラスがきらりと光った。彼は物体から雪を払い落とした。それは、分厚い緑色のガラスでできた三ヴェドロー（ロシアの旧液量単位で、一ヴェドロー＝約一二・三リットル）の大きな瓶で、そこに枝が巻きつけられていたのだった。

「こいつはまた……」セキコフはばかでかい瓶の首から雪を払い落とし、においを嗅いでみた。

「間違えねえ、旦那。ウォッカです！」

　彼は瓶にできた氷の層を叩き落としてひっくり返した。瓶の首からは何も流れてこなかった。

「飲み干しやがったんだな、この風来坊」セキコフは非難を込めて判断した。

「飲み干したのだ」ドクトルは同意した。「そして、路上でそのままくたばった。いかにもロシア的な馬鹿馬鹿しさだ……」

「木にでももたれてくれりゃよかったのに」セキコフは尻を掻き、そして自分が愚かなことを言ったと悟った。こんな巨人がもたれることができるのは樹齢百年のトウヒくらいのもので、周囲に生えている若木では無理だった。

「酔っ払って行き倒れた……たわ言だ！　ロシア的なたわ言だ！」顔を真っ赤にしたドクトルはにやりとし、シガレットケースを取り出すと、最後の煙草に火をつけた。

「困ったことに、旦那、例の滑り木がイカれちまいました」セキコフは体を掻き、洟をすすった。

「どうやらまずい……」

「何だ？」ドクトルは何の話やらわからず紫煙をくゆらせている。

「前に割れたばっかの滑り木でさ」

「何だと？　同じ？　くそったれ！　だったら何を突っ立っている?!　この間抜けの中から車を

出せ！」

「ただ今、旦那……」

セキコフは馬たちの方を覗き込み、車にもたれ掛かると、唇をチュッと鳴らした。

「さあ、さあ、さあっ！」

馬たちは鼻息を立てながら後退しはじめた。しかし、車はその場から動きもしなかった。セキコフは何が問題かを悟ると、車の下を覗き、腹立たしげに舌打ちした。

「宙ぶらりんでさ、旦那。ベルトが雪を噛んでねえ」

「そら……」アルコール臭い息を吐きながら、膝の痛みも忘れ、煙草を歯でくわえたまま、ドクトルは車にもたれ掛かった。「そらぁぁ！」

セキコフももたれ掛かる。車はガタガタ揺れたが、巨人の頭は滑り木を放さなかった。

「はまっちまった……」セキコフは嘆息した。

「鼻の中に！」とドクトルは叫び、再びげらげら笑いだした。

「切り落とさねえと」セキコフは運転席の下にある斧に手を伸ばした。

「滑り木をか?!」ドクトルは憤慨して眉を曲げた。

「鼻をでさ」

「切り落とせ、兄弟、切り落とせ」ドクトルは最後に深々と煙を吸い込み、吸い殻を投げ捨てた。

月が皓々《こうこう》と照っていた。たたずむトウヒの木々は、生きたクリスマスカードさながらだった。

ドクトルは暑くなってオーバーのボタンを外した。セキコフは斧を手に死体の頭に近づいた。

狙いを定め、車の滑り木が入った鼻の穴を切断しはじめる。ドクトルは熱い息を吐きながら車に肘を突き、セキコフの作業を眺めていた。

斧の下から凍りついた肉片が飛ぶ。その後、斧は虚ろに骨を叩いた。

「板だけは切らないようにな」ドクトルは命令口調でアドバイスした。

「知れたことでさ……」セキコフはつぶやいた。

この凍りついた巨大な鼻を切りながら、彼は生まれて初めて大きな人間を見たときのことを思い出した。当時、コジマは十歳くらいだった。彼はドルベシノではなく、ポクロフスコエという裕福な村にある父の家で暮らしていた。あの夏、秋の定期市をドルゴエからポクロフスコエに移すことが決定された。地元の商人たちは腐朽林《グニラーヤ・ローシチャ》を伐採し、その場所に市の売場を建てることにした。ポクロフスコエの古い樫林は、遠い昔、まだ村に地主屋敷が建っていた頃からあり、屋敷の方は赤の乱の時代に燃やされた。この林の樫は巨大で、立ち枯れており、何本かは倒れて朽ちていた。こうした木々の巨大な洞《うろ》の中で少年たちは戦争ごっこや人狼ごっこをして遊んだものだ。その林を伐採することが決まったのである。伐採のためにポクロフスコエの商人は三人の大男を雇った。アヴドート、ボーリカ、ヴァーヒリ。ある暖かい夏の晩、彼らはずだ袋を背負い、のこぎりと斧を肩に乗せてポクロフスコエに入った。三人とも、この路上で凍死した巨人と同じく、背丈は五、六メートルだった。少年たちは彼らを口笛と野次で迎えた。だが、大男たちは少年たちを雀《すずめ》のように扱い、ろくに注意も払わなかった。彼らはバクシェーエフという商人の古い穀物小屋に陣取り、翌朝には樫の木の伐採に着手した。彼らの仕事を見るのは、幼いコジマには怖くもあり、楽しくもあった。大男たちの手にかかると、何もかもがバキバキと音を立てて倒れた。彼らは樫の木を残らず倒し、のこぎりで切り、斧で割るのみならず、巨大な樫の切り株を引っこ抜き、それらも斧で割って薪にした。晩にはバケツ三杯分のミルクを飲み、マッシュドポテトを脂身と一緒にたらふく食べ、樫の切り株に座り、雷のように荒々しい声で歌をうたった。コジマは歌を一つ覚えていたが、それは垂れ耳で赤ら顔のアヴドートが少々おっかない低い声でゆっくりと歌ったものだった。

おふくろさんよ、おいらが
お腹の中にいたとき
おふくろさんよ、あんたは
大声で泣きなさったね

その後、アヴドートとヴァーヒリが金銭をめぐって喧嘩した。ヴァーヒリがアヴドートを殴り、殴られた方は腹を立て、仕事の完了を待たずにポクロフスコエから帰ってしまった。農婦たちの話によると、ポクロフスコエからボロフキへの道路が血だらけにされていたという。ポクロフスコエの商人たちは、アヴドートが帰ったことを口実に、大男たちへの謝礼を三分の一減らした。最後の夜、彼らは仕返しにバクシェーエフの井戸に糞を垂れた。後でその井戸を掃除するのには三日ほどかかり、大男たちの大きな糞の塊がいくつものバケツで引き上げられたのだった……。

セキコフはやっとのことで鼻の骨を切り落とした。鼻の穴に入った滑り木が見えるようになった。ドクトルと二人がかりで車を揺らしたが、滑り木は鼻の穴から出てこなかった。

「滑り木が上顎洞《じょうがくどう》を突き破り、そこにはまったのだな」ドクトルは観察した。「ここを叩き切れ、上から！」

セキコフはミトンを外し、両手につばを吐くと、額の眉の上の部分を切りはじめた。骨は硬くて厚かった。深く切り進むまでに、セキコフは二度休憩を挟んだ。白い骨の塊が斧の下から飛び、月光を浴びてきらきらと輝いた。

『木を伐れば木っ端が飛ぶ（「大事業の前に多少の犠牲はつきもの」の意）……』ドクトルは曾祖父が好きだった諺《ことわざ》を思い出した。

ドクトル・ガーリンの曾祖父は会計係で、この諺が政権や国民の間で人気を博していた遠いスターリン時代をよく回想したものだった。

骨が終わり、白い塊に代わって斧の下から緑っぽいものが飛んだ。

『ははあ、上顎洞炎だったのか……』ドクトルは職業的に目を細めた。『たぶん、浮浪者だろうな。歩きながら酔っ払う。倒れて寝込む。そのまま凍死……』

「ロシアだな……」と彼はつぶやき、かつてヘルニアになった大男を治療したときのことを思い出した。

その大男はレピシナで土木作業のために雇われたのだった。彼は巨大なショベルで土台となる穴を掘り、その後で納屋を移動させ、そして体を痛めた。ガーリンが三人のボランティアと一緒に腸を戻したとき、大男は泣き叫び、自分を床に縛りつけていた鎖を噛み、「やめてくれ！　やめてくれ！」とわめいた。

あのときは腸を無事に戻せたが……。

「切り終えた、こんにゃろ……」セキコフはくたくたになって背筋を伸ばし、帽子を脱いで顔を拭いた。

「ああ……」雲が月にかかり、薄闇の中、ドクトルは頭部の崩壊した箇所の中に輝く細長い板を見分けた。切断によって損なわれた大男の顔は不気味に見えた。

「押し戻しますかい？」セキコフは斧を投げ捨て、車の鼻先にもたれ掛かった。

「押し戻そう！」ドクトルは別の側からもたれ掛かった。

セキコフは唇をチュッと鳴らし、そらっと叫び、プルルと言い、馬たちは後退しはじめ、車が頭から出てきた。

「よかった！」ドクトルはほっとため息をついた。

セキコフの方は両膝をついて滑り木に触った。

「ああ、こんにゃろ……」

「どうした？」ドクトルは身を屈め、顔を出した月の下で、完全に折れた滑り木をありありと認めた。滑り木の先端は死人の上顎洞の中に永久に取り残されていた。「ああ、くそったれ……」

「折れちまった」息を切らしながら、セキコフは大きな音を立てて洟をかんだ。

ドクトルはたちまち寒気を覚えた。

「今度はどうする?」彼は募る苛立ちとともにたずねた。

セキコフは黙り、息をしながら洟をすすっていた。それから、斧を持ち上げた。

「滑り木を作って、こいつにつないでやらねえといけません」

「このままではたどり着けないのか?」

「このままじゃ無理でさ」

「もう片方の滑り木ではたどり着けないのか?」

「無理でさ、旦那」

「なぜだ?」

「この折れたやつが雪にはまっておしめえです」

ドクトルは納得した。

「傷があったから折れちまったんでさ」セキコフは嘆息した。「無傷だったら折れなかったでしょうが、割れてたから折れちまった。折れるに決まってまさあね」

ドクトルは腹立たしげにつばを吐き、煙草を取り出そうと手を伸ばしたが、もうなくなっていたのを思い出した。そして、もう一度つばを吐いた。

「いいです、おいらが曲がった木を探しに行きますだ」とセキコフは言い、トウヒ林へ向かって雪の上をよろよろ歩きだした。

「時間をかけるなよ!」ドクトルは苛立たしげに命じた。

「そりゃ成り行き次第でさ……」

彼はトウヒ林の中に姿を消した。

「愚か者め」ドクトルは彼の後からつぶやいた。

しばし不運な頭のそばにたたずんでから、車の座席に乗り込み、膝掛けにくるまり、毛皮帽を目元まで深くかぶり、両手をポケットに突っ込むと、そのまま動かなくなった。酔いはまだ身内に残っていたものの、すでに消えはじめており、ドクトルは寒気を覚えた。

『これはいったいなんと馬鹿げたことだ?』

そう考え、すぐにまどろんだ。

彼は、明るく照らされた大ホールで催された大宴会を夢に見た。そこはモスクワの学者会館の宴会場を思わせ、彼に、あるいは彼の仕事や私生活に関わりのある知り合いや面識のない人々が多数出席しており、人々は彼を祝い、彼のために喜び、ワイングラスを差し出し、何やら大げさで厳かなことを話しているが、彼の方は、この大宴会が催された理由も、祝辞や歓喜の意味もわからず、しかたなくうなずき、祝辞に答えながら、努めて自信ありげに、厳粛に、嬉しそうに振る舞おうとするが、出来事全体の胡散臭《うさんくさ》さを意識している。突然、客の一人が苦労してテーブルによじ登り、全員が息を呑んでそちらを見る。プラトン・イリイチには、その男が、医大で化膿外科の講義をしているアムリンスキー教授だとわかる。アムリンスキーは燕尾服《えんびふく》を着込み、ひげのない顔に慎重でくたびれた表情を浮かべており、テーブルによじ登ると、背筋を正し、胸の上で芝居気たっぷりに腕を組み、一言も言葉を発することなく、いきなりテーブルの上で奇妙なダンスを踊りはじめ、革靴の踵でテーブルを激しく叩く。このダンスには何やら厳かで不吉なものが、意味深長なものがあり、出席者全員がそのことを理解し、プラトン・イリイチもすぐさま察する。彼は、ダンスが「ログド」という名で、それが追悼の医療ダンスであり、彼に、ドクトル・プラトン・イリイチ・ガーリンに個人的に捧《ささ》げられており、この宴席に集《つど》った人々は皆、ガーリンの追悼の会に訪れたのだ、ということを理解する。恐怖がプラトン・イリイチをとらえる。呆然としながら彼は、アムリンスキーが無我夢中で踊り、テーブルの上で不吉な連打音を立て、衝撃で食器が飛び跳ね、ガチャガチャ音を立てるのを見る。教授は尻や頭で奇妙な円運動を行いながら踊り、わずかにしゃがんだかと思うと、その後で背筋を伸ばし、出席者全員に会釈し、目配せする。プラトン・イリイチの隣には粉屋の妻がいる。彼女の装いは素晴らしく、ちりばめられたダイヤモンドがよく手入れされたふくよかな顔の周りで輝いている。彼女はアムリンスキーの妻で、それもずっと以前からのことだ。香水の香りとすべすべでよく手入れされた体のにおいを漂わせながら、彼女は朗らかな顔をガーリンに近づけ、淫《みだ》らな笑みを浮かべてささやく。

「豪華な肉の暗示ですわ！」

ドクトルは目覚めた。

体を動かすやいなや、ものすごく強烈な寒気に揺さぶられた。震えながら、帽子を目元から持ち上げる。周囲は暗く、寒かった。暗闇の中、セキコフが何かを斧で伐っていた。月は雲の陰に隠れていた。

ドクトルはさらに強く体を動かしたが、寒気がしみわたっていたせいで、呻き声が漏れ、歯がひとりでにガタガタと鳴りだしたほどだった。彼は急に怖くなった。人生で一度も、これほどまでに恐ろしい突き刺すような寒気を感じたことはなかった。彼は、この忌まわしく果てしない冬の夜からは決して抜け出せないことを悟った。

「しゅ、主よ……赦し、たま、え……」彼は歯をガタガタいわせながら祈りはじめたが、そのさまはまるで、何者かがガッター社の独立モーターを歯に取りつけたかのようだった。

セキコフは暗闇の中で伏っていた。

「しゅ、主よ、ま、守り、連れ出し、たまえ……」ドクトルは震え、まるで痛みを感じているかのように呻いた。

「これでよし……」とセキコフがつぶやく声がし、伐採が終わった。

ドクトルがまどろんでいる間、セキコフはトウヒ林の中で幹の曲がった木を見つけ、伐り倒し、枝を落とし、車の方へと引きずっていき、滑り木に似たものを削り出した。それはみすぼらしく、無様なほどだったが、ドルゴエまでたどり着くには十分だった。あとはそれを折れた滑り木に留めなくてはならなかったが、その手段もあった。製粉所の庭で滑り木を修理した際、セキコフは釘を三本ちょろまかしていたのだ。

『四本もらっときゃよかった』

そう思ったが、すぐさま声に出して自分を慰めた。

「三本でもいける」

ドクトルがごそごそ動きだして何やらつぶやいているのに気がつき、セキコフは近づいた。

「旦那、手を貸してくだせえ」

「しゅ、主よ……しゅ、よ……」ドクトルは震えていた。

「寒いんですかい？」セキコフは状況を呑み込んだ。

彼の方は一仕事した後だったので寒くなかった。

「た、焚き火を、お、おこしてくれ……」そう言いながらドクトルは歯をガタガタ鳴らした。

「焚き火？」セキコフは帽子の下を掻き、隠れた月を見上げた。『たしかに……なんも見えねえ……これじゃ釘も打てねえな……』

「おこ、して、くれ……おこ、して、くれ……」ドクトルは熱病にかかったように震えていた。

「すぐにやりまさあ」

斧をつかみ、セキコフはトウヒ林の中へ乾いた木を探しに行った。なかなか見つからなかった。まるで嫌がらせのように月は顔を出さず、ほぼ手探りで探すはめになった。乾いたトウヒはほかの木より大きく、乾燥した硬い幹には斧の刃がなかなか通らなかった。伐採は長いこと続いた。ようやく伐り倒し、セキコフは木を車の方へ引きずっていったが、別の二本のトウヒの木の間にはまってしまい、暗闇の中で邪魔な枝を切り落としながら手間取っていたところ、危うく自分の足をぶった切りそうになった。

あえぎあえぎ、トウヒの木を車のところまで引きずってきた。

ドクトルは相変わらず自分の席に座ったままで、両手をポケットに入れて背中を丸めていた。

『ありゃま、ドクトル、すっかり凍えちまったか……』とセキコフは考え、一息入れながら木の枝を切り落としていった。

十分に切り落とすと、ごく細い枝を束にして半分に折り、ライターを取り出し、青いガス流を近づけた。枯れ木にさっと火が走る。セキコフはフェルト長靴で雪を掘り、小穴の中に火種を突っ込み、上から枝を重ねた。

じきに焚き火が燃えはじめた。

「ドクトル、こっちに来て体を温めてくだせえ！」セキコフが叫ぶ。

ドクトルはくっつきそうになるまぶたをはがした。鼻眼鏡の中で炎の舌が踊りだした。彼は苦しげに腰を上げはじめた。かじかみ、冷え切った体を、火の方へ動かさなくてはならなかった。ドクトルは死んだ状態からよみがえったばかりのゾンビのように動いた。焚き火に近づくと、酔っ払った消防士よろしく、すぐさま火の中に入った。

「何をなさるだ、燃えちまう！」セキコフは彼を突き飛ばした。

雪の上に尻餅をついたドクトルは、火に這い寄り、その中にグローブをはめた両手を入れた。

「まあ、燃やしたいならご勝手に」セキコフは枝を折りながらつぶやいた。

間もなくドクトルはぎゃっと叫び、火から両手を引っ込めた。グローブから煙が上がる。

「前を開けた方がいいですぜ、旦那、熱が中に入るように」セキコフが助言した。

煙に目を細めながら、ドクトルは震える手でオーバーのボタンを外した。

「それでよし」そう言ってセキコフは疲れた笑みを浮かべた。

その顔はやつれていたが、鳥のような笑みは消えていなかった。

二人はトウヒが残らず燃え尽きるまで体を温めた。ドクトルは正気に戻り、震えも止まった。

しかし、相変わらず恐怖が残っていた。

『なぜ恐れる？』辺りに撒き散らされた細かいオレンジ色の枝の燃えかすを眺めながら彼は思った。『暗い。寒い。だから何だ？　ドルゴエはすぐそこだ……やつは恐れてなどいない。だから私も恐れなくていい……』

「旦那、滑り木のことで手を貸してくだせえ」セキコフは火で少し溶けた雪の中から斧をつかみながら頼んだ。

「どうやって？」ドクトルには話が呑み込めなかった。

「滑り木の先端は作りました。旦那に持っといてもらって、おいらが留めます。釘が三本あるんで」

ドクトルは黙って立ち上がり、オーバーのボタンを留めた。セキコフは最後のトウヒの枝に火をつけ、それを巨人の頭の隣の雪に突き刺した。霜で覆われた巨人の目の中で火が輝きだし、ドクトルは死者の目が緑色なのを認めた。

「燃えてる間に、早く！」セキコフは両膝を突き、折れた滑り木の下に先端を突っ込みながら命令した。

ドクトルも両膝を突き、木片をがっしり握って一緒に支えた。セキコフはポケットから三本の高価な釘をつかみ出し、二本を歯にくわえると、三本目を木片にぴたりとつけ、斧で三回峰打ちして打ち込んだ。二本目を木片にぴたりとつけ、これも同じく巧みに打ち込んだが、四回目の打撃で斧が外れ、自分の左手をしたたかに打った。

「こんにゃろ！」彼はため息をつき、三本目の釘を歯から放した。

小枝の火が琥珀色《こはくいろ》の灰をばらまいて消えた。

「ああ……」セキコフは大きな手を振りながら斧を投げ捨て、雪の中を手探りした。「どこへいっちまった……」

ドクトルも雪の中を手探りした。しかし、釘は見つからなかった。

「明かりが必要だ！」ドクトルが命じる。

「すぐに……」セキコフは手探りで残りの小枝を掻き集め、火をつけた。

だが、はかない火は役に立たなかった。釘はまるで雪の中に溶けてしまったかのようだった。

「まずいぞ……」セキコフは腹立たしげに雪の上を這った。

「まったく……お前はいったい……」ドクトルは雪の中を両手で掻き回しながらつぶやいた。

「馬鹿ですよ、だから落としちまったんでさ」セキコフは弁明した。

二人は二つのライターのかすかな青い火を頼りにもう少し探したが、釘は一向に見つからなかった。

「罰が当たっちまった……」全身雪に埋もれながら、セキコフは滑り木の周囲を探し回った。

彼は釘の紛失にひどく落胆していた。そして、あのとき鉄の缶からせめて四本は釘を取っておくべきだったのに、愚かさと臆病さからそうすることをためらい、道中の用意にたった三本しか取らなかったことを悔やみだした。

「おいらは馬鹿だ、馬鹿だ」

洟をかみ、彼は削り立ての木片の下にはみ出た二本の釘を斧で曲げ、触ってみた。

「二本の釘でたどり着けっかな？」

「包帯を巻こう」身を屈め、ドクトルは修繕された滑り木をじっと見つめた。

「ええですよ」セキコフは無関心にうなずいて立ち上がり、ボンネットを開けた。

馬たちは弱々しくいないないていた。セキコフは彼らが凍えているのを感じた。

「さあ、さあ、話してみな……」彼はミトンを外し、馬たちを引っ張ったり撫でたりしはじめた。

ボンネットの中から馬たちの湯気とともに弱々しいいななき声が流れてきた。馬たちの体温で暖められたボンネットの中は唯一暖かい場所だった。人間たちが凍えているのに、馬たちは自分で自分の体を温められるということが、ドクトルにはうらやましくもあり、腹立たしくもあった。

包帯の残りを見つけ出すと、二人で不運な滑り木にきつく巻きつけた。ドクトルが巻き終え、いつもの結び目を作った途端、背中で何かがさらさら音を立てた。彼は顔を上げた。雪が降りだしたのだった。

「くそったれ！」彼は空を見上げた。

空はすっかり黒雲に覆われていた。皓々たる月も、きらめく満天の星も、もはやそこにはなかった。風はなく、雪は垂直にぎっしりと降ってくるので、周囲のものすべてが雪の中に消え失せた。まるで旅人たちをあざ笑うかのように、まるで一、二時間の光明と平安に復讐《ふくしゅう》するかのように、雪はどしどし降り積もった。

「ついに来やがった……」セキコフは薄笑いを浮かべ、馬たちを覆った。

「どうやって進む？」ドクトルは周囲を見回した。

「神様の言う通りに進むまででさ」とセキコフは答え、梶棒を左に動かし、馬たちに向かって叫んだ。

車が振動して死体から滑り降りた。セキコフは車を道路があるはずの方向へ向け、並んで歩きだした。ドクトルがその後に続く。

「座っててくだせえ、旦那、おいらが歩きますだ！」セキコフが叫んだ。

ドクトルは車に乗り込んだ。

「あとどのくらいだ？」

「わかりません。三露里くらい……」

「たどり着かねばならん！」

「きっとうまくたどり着けますさあ……」

「三露里か……徒歩でも行けるな！」

「ええ……」

ドクトルは、この雪の無限から、彼を片時も放そうとしないこの寒さから出ていきたくてたまらなかった。悪夢にも似たこの夜から出ていきたくてたまらなかった——この雪ごと、この馬鹿げた車ごと、ろくでなしのセキコフと壊れた滑り木ごと、この夜を永久に忘れ去るために。

『主よ、連れ出したまえ、守りたまえ、助けたまえ……』克服された道のりを一メートルごとに数えながら、彼は心の中で祈った。

セキコフは、フェルト長靴で雪を掻き寄せ、雪に埋もれてはまた這い出しながら歩き、車を操縦した。前方の周囲には静かに降り積もる雪の壁がそびえていた。この静けさと、完全な無風状態とが、ドクトルをよりいっそう恐怖させた。

一方のセキコフに恐怖はなかった。彼はただただすべてに疲れ、疲れ切っており、雪の上にぶっ倒れて寝込んでしまわないよう頑張りながら、最後の力を振り絞って歩いた。焚き火の火に疲労困憊させられ、煙を大量に吸い込んだ彼の望みはただ一つ――眠ることだった。

『三露里……道に迷わなきゃ行ける……』彼は雪と疲労でまぶたがくっつきそうになる目を見開きながら考えた。

半露里ほど進み、トウヒ林が終わって広々とした野が始まったところで道を外れた。セキコフはぐるりと歩いて道路を見つけた。出発したが、再び道を外れた。そして再びセキコフは道路を見つけた。ドクトルはもはや降りてもこず座ったままで、全身雪に覆われながら祈り、恐怖に凍りついていた。また半露里ほど無事に進んだが、突然バキッという音がし、期待を裏切るように車が右に傾いた。道を外れて窪地に突っ込み、取りつけた滑り木の先端が折れた。

「折れちまった！」セキコフは雪の中でもぞもぞしながら叫んだ。

「くそったれ……」道中ずっと動かずにいたドクトルはにわかに座席から飛び降り、膝まで雪に埋もれながら荷台の方へ駆け寄ると、猛然と自分の旅行鞄を外しはじめた。

「消え失せろ、この馬鹿者……自分の車ごと消えてしまえ……その臭い滑り木も一緒にな……」

彼は雪に覆われた旅行鞄を外して両手に持ち、前の方へ歩きだした。

セキコフは引き留めなかった。もはや立っていられる力はなく、車に背中でもたれながらその横にへたり込み、片手は滑り木を、まるでそれが折れた脚であるかのように握っていた。

「自分で歩いた方が早くたどり着けるわ！」ドクトルは振り返りもせず腹立ちまぎれに叫んだ。

彼は雪に覆われた道路を前に向かって歩きはじめた。

「馬鹿者どもやろくでなしどもに耳を傾ける一生！」闇に降る濃い雪の中を進みながら、彼は腹立たしげに独り言をつぶやいた。「馬鹿者どもに耳を傾ける！　ろくでなしどもに耳を傾ける！　これはいったいなんという人生だ?!　主よ、これはいったいなんという人生なのですか?!」

悪意に満ちた憤怒に励まされ、彼はさらさら音を立てる雪の中を進み、ブーツが果てしないどろどろの雪を捏《こ》ねた。足で道路を、雪で覆われた平らな表面を感じた。

『前進、ただ前進あるのみ……』ドクトルは足取りを緩めずに考えた。

彼は悟った――必要なのはただ、この生命を持たぬ冷たい自然の力を恐れず、進んで、進んで、それを克服することなのだと。

雪の闇がドクトル・ガーリンをよけていく。彼はひたすら歩いた。車、セキコフ、小さな馬たち――こうしたすべては今や忌まわしい過去であるかのように背後にあり、前方には進むべき道があった。

『ドルゴエはもうすぐそこだ……とっくの昔にあの馬鹿者を捨てて徒歩で行くべきだった……とっくの昔にたどり着いていたはずだ……』

そう考えて足を踏み出したところ、穴に転落し、旅行鞄を失った。雪の中でもがきながら鞄を見つけ、穴から這い出して後ろに下がり、苦労して暗闇の中で自分の足跡を見分けた。道路を見つけ、今度は右の方を歩きだしたが、再び穴の中に、それも一度目より深く落ちてしまった。

『窪地か……』そんな考えが脳裏をよぎる。

おそらく、道路は窪地を通っていた。

「カーブしているのか……」ドクトルはあえぎながらつぶやいた。

彼は這い出て歩きだし、またもや転落した。辺り一面が窪地だった。

「道路はどこだ？」彼は目元にずり落ちてきた毛皮帽を直した。

もうこれ以上転落すまいと足で慎重に探った。雪の下はでこぼこしていて、まったく道路とは思えなかった。まるで窪地の中に溶けてしまったかのようだった。道路を探すもドクトルは力尽き、雪の上にへたり込んだ。足が冷たくなっていた。

「いまいましい……」彼はつぶやいた。

少し座ってから立ち上がり、鞄をつかんだ。そして道路に出られることを期待して、いまいましい窪地をまっすぐ進むことにした。それは困難な作業だった。歩き、倒れ、起き上がり、落ちこち、また抜け出す。それでも道路は見つからなかった。まるで窪地に食べられたかのようだった。

疲労困憊して彼は雪の中に座り続けていた。雪が、果てしない雪が、暗い空からどしどし降り、ドクトルと足跡を覆った。

ドクトルはうとうとしはじめ、寒気を感じた。

「寝てはいかん……」そうつぶやいて起き上がり、かろうじて体を動かしながら前進した。

窪地は終わらなかった。またもや転落し、彼は体を横向きに倒し、重たくなった鞄を自分の後ろに引きずりながら、雪の上を這って前進した。

そして突然、足の下に何やら平らで硬いものを感じた。

「あった！」かすれた声で嬉しそうに叫ぶ。

窪地から道路に這い出ると、苦しげに息をしながらたたずみ、雪の中に鞄を下ろして十字を切った。

「主よ、ありがとうございます」

そう言って鞄を持ち上げた。前に向かって歩きだした。だが、二十歩も歩かないうちに、何かが雪の闇の中から突き出てきて、彼の真上に垂れ下がった。ドクトルは目を見開き、雪に覆われた樹木の幹に似た何かが頭上で横に傾いているのを認めた。左側に回り込むと、突然、この幹の向こうに、道路全体を占めている大きくて広い何かが見えた。この幹はそこから生えていた。ドクトルは慎重に近づいた。大きくて広い何かは、全体が雪に覆われ、上に向かって伸びていた。鞄を雪の中に放り出すと、ドクトルはマフラーで鼻眼鏡を拭き、頭をもたげた。彼には目の前にあるものが何だか理解できなかった。最初は、上の尖った干し草の山が雪に覆われているのだと思った。しかし手で触ってみると、それは干し草ではなく、雪であることがわかった。ドクトルは目を見開いたままゆっくりと後退した。そして突然、不可解な巨大雪塊の上に人間の顔に似たものが見え、目の前にあるのが、ぴんと突き出た巨大な雪の男根を備えた怪物サイズの雪だるまであることがわかった。

「主よ……」ドクトルはつぶやき、十字を切った。

二階建て家屋並みの背丈の雪だるまが眼前にそびえていた。男根がドクトル・ガーリンの頭上に垂れ下がっていた。雪で作られた丸い頭部が、未知の屈強な彫刻家によって雪の中に押し込まれた二つの丸石で暗闇から見つめていた。鼻の代わりにヤマナラシの根元が突き出ていた。

「主よ……」ドクトルはつぶやき、脱帽した。

暑くなってきた。彼は大男の死体を思い出した。そして、ついさっき車がその鼻の穴に突っ込んだ巨人こそが、この雪の怪物をこしらえた彫刻家だったのだと悟った。酔っ払って死ぬ前に、遠い未来の無関心な人類のために、彼は手近な素材で何かをこしらえることにしたのだ。

ドクトルは帽子をつかんだ手を上げて振り、上の方に白く見える男根に触ろうとした。しかし、届かなかった。棍棒《こんぼう》は威嚇するように暗闇に狙いを定めながら、ドクトルの頭上に垂れ下がっていた。雪が舞って男根に、ガーリンの無帽の頭に落ちた。ドクトルが理解したところでは、巨人は雪だるまの腹に木の幹を突き刺し、それに雪を貼りつけたのだった。そして興奮した男性生殖器ができた。吹雪と降雪のせいでそれはさらに太くなっていた。

ガーリンは雪の巨人を観察しながらあとずさった。巨人は、おのれの男根で周囲の世界を突き刺す揺るぎない覚悟を示しながら立っていた。ドクトルは丸石の目と視線が合った。雪だるまがガーリンを見下ろした。ドクトルの頭の毛がぞわっと逆立った。恐怖が彼をとらえた。

彼は絶叫し、逃げ出した。

走り、つまずき、倒れ、起き上がり、恐怖に呻きながら走り、また走った。

とうとう走りながら何かに胸をぶつけ、雪の中に仰向けに倒れた。衝撃は強く、一瞬ドクトルの息が止まり、色とりどりの閃光が目の前を流れた。彼は痛みで呻きだした。次第に正気を取り戻していく。寒くなり、目を動かすと、毛皮帽を握りしめている自分の右手が見えた。座って帽子を目深にかぶった。

寒気に襲われた。体を震わせ、ぶつけた胸を押さえながら立ち上がった。目の前の雪の中から、まるで里程標のように、白樺の古木の残骸が突き出ていた。ドクトルは雪に埋もれてしまうのを恐れるかのようにそれをつかんだ。胸を木にぴたりとつけ、ぜえぜえ息をしながら動かなくなった。白樺は老齢で、樹皮が暗闇の中で反り返っていた。木につかまりながら、ドクトルはその中に息を吐き、木のにおいを吸い込んだ。凍りついた白樺は風呂小屋《バーニャ》のにおいがした。

「白い……セルロース……」彼は樹皮に向かってつぶやいた。

そして、このままでは凍死するだろうと悟った。

「動け、動け……」彼は白樺を突いて離れ、舞い落ちる雪の中を歩きだした。

彼は道などお構いなしに歩き、深い雪の中を歩き、つまずき、倒れ、また立ち上がり、歩き、歩き、歩いた。前にも、横にも、後ろにも、ひたすら同じ夜の闇が、舞い落ちる雪があった。ドクトルは歩いた。

じきに足取りは遅くなった。よろめいて平衡を失いながら、やっとのことで穴から這い出した。雪は放そうとせず、かじかんでいうことをきかない脚をつかんだ。歩くスピードはどんどん遅くなった。ドクトルは濡れたグローブの中でかじかむ両手を深いポケットに入れ、前屈みになって歩いた。

膝がガクガクした。彼はかろうじて足を引きずりながら歩いた。

そしてもはや、今にも倒れ、このべたつく果てしない雪の中に永久に取り残されようとしていたとき、何かが彼を押し止《おとど》めた。凍りつくまぶたをはがすと、目の前の暗闇の中に、薔薇《ばら》が描かれ、端の方が切り刻まれた車の背が見えた。わが目が信じられず、ドクトルはそれに触った。しばらく背につかまってたたずみ、呼吸を整えた。背の向こうを覗いたが、座席は空っぽだった。車内は無人だった。

ドクトルの毛皮帽の下で再び毛がぞわっと逆立った。彼は悟った——セキコフは立ち去り、車を捨て、ドクトルを捨てた、永久に捨てたのだと、そして、ドクトルは今や完全に一人きりなのだ、この冬の中で、この野の中で、この雪の中で、永久に一人きりなのだと。それはすなわち死だ。

「死……」とドクトルはかすれた声で言い、自分が哀れで泣きたくなった。

しかし涙は出てこず、声を上げて泣く力もなかった。彼は車の前で膝から崩れ落ちた。

どこか近くで小さな馬がいななく声がした。だが、彼は信じなかった。

かじかんだ唇は嗚咽《おえつ》のようなものを口から発しながら震えていた。

そして再び馬がいななきだした。どこかすぐそばで。彼は辺りを見回した。周囲には暗い死の無慈悲な空間が広がっていた。そして再び馬がいなないき、鼻息を立てた。彼はその声を思い出した。これは、あの腕白な粕毛の牡馬がいなないているのだ。いななく声は車の内部から聞こえた。ドクトルはぽかんと車を見つめた。

そしてふと、いつもボンネットを覆っていた筵がやけにふくらんでいることに気がついた。降ってきた雪が上に積もったせいだろうと考えながら、ドクトルは筵に触った。筵がかすかに動いた。少し開けてみる。

暗いボンネットの中から馬の熱が漂ってきた。内部で馬たちがもぞもぞし、鼻息を立て、いななきはじめた。そして、セキコフの声がした。

「ドクトル！」

ドクトルは呆然とボンネットの中を見つめていた。手を伸ばし、触ってみた。ボンネットの中で体を丸め、馬たちに囲まれながら、セキコフが寝そべっていた。

「お前……これはいったい……」ドクトルはかすれた声で言った。

「ここに入ってくだせえ」セキコフは寝返りを打って場所を空けた。「ここは暖かいんで。もう少しで朝になります。待ちましょう」

ドクトルは甘い馬のにおいを漂わせるこの暗い温もりの中に入りたくてたまらなかった。せかせかと、ぎこちなく、彼はボンネットの中に潜り込んだ。セキコフは馬たちを自分の方へ寄せ、ドクトルのために場所を空けた。ドクトルは苦労して入り込んだが、すぐに自分の氷のように冷たい顎がセキコフの温もった額にぶつかり、手足で小さな馬たちを押しつぶしそうになった。馬たちは不安げにいななき、セキコフは彼らがガーリンの下から抜け出すのを手伝ってやった。

「怖くねえ、怖くねえ……」

ドクトルの大きな体が押し込まれたせいで、ボンネットがみしみし軋みはじめた。右側に寝ていたセキコフはできるだけ端に寄り、ドクトルの濡れた膝を自分の脚の間に入れ、不安げにいないている小馬たちを自分の体の上に、そして左側で寝ているドクトルの体の上に押し出した。ドクトルは、巣穴に入った熊よろしく寝返りを打ちながら、馬たちのこともセキコフのことも考えず、忌まわしい寒さから身を隠して温まるという、ただそれだけをひどく願っていた。

どうにかこうにか二人は横になった。馬たちは彼らの上に寝そべったり、脚の間に入り込んだりしており、何頭かはセキコフが上手いこと自分の首に押し当ててやった。苦労して左手を自由にすると、上の筵を閉じた。

ボンネットの中が真っ暗になった。

「これでよし……」セキコフは、ぜえぜえ息をしながら汗とオーデコロンのにおいを漂わせているドクトルの胸に向かってつぶやいた。

ガーリンは具合の悪い姿勢で寝そべり、毛皮帽は目元にずれていたが、まったくそれを直す気にならなかった。息をする力しか残っていなかった。帽子の上で四頭の馬が身じろぎしていた。別の三頭の馬はセキコフの帽子の上におさまっていた。

「てっきり、旦那はもう絶対に戻ってこねえと思ってました」セキコフはドクトルの胸に向かって言った。

ドクトルは相変わらずぜえぜえ息をしていた。それから急に大きく寝返りを打ち、両膝でセキコフを押した。セキコフの背中の後ろでバキッと音がした。ボンネットが割れたのだ。

「あれま……」セキコフは背中でひびを感じた。

ドクトルは寝返りを打つのをやめた。

「道は見つからなかった」彼はかすれた声で言った。

「知れたことでさ。埋もれちまってる」

「埋もれている」

「それに、なんにも見えっこねえ」

「見えない……」

沈黙が訪れた。馬たちはすぐに落ち着き、同じく黙り込んだ。腕白者の粕毛だけが顔を主人の袖の中に潜り込ませ、時々腕を噛んでいた。

「これは……どう……」ドクトルは頑張って何かたずねようとした。

「はい?」

「お前の馬たち」

「馬どもはそこにいますだ、もちろん」

「彼らが……温めてくれるのか?」

「そうでさ、旦那。そして、おいらたちも温めてやります。一緒に温まるんでさ」

「温まる?」

「温まるんでさ」

ドクトルは黙り込み、それからかろうじて聞こえる声で言った。

「凍えた。ひどく」

「でしょうな」

「死にたくないな」

「大丈夫、死にゃあしません。もうじき夜が明けますだ。明るくなったら、滑り木を直して出発しましょう。それか、誰か通行人に引っ掛けてもらいましょう」

「引っ掛けてもらう？」

「そうでさ。引っ掛けて運んでもらうんで」

「そこは……人が通るのか？」ドクトルはかすれた声で言った。

「もちろんでさ、通らねえはずがありませんや。パン運びは早朝から走ります。パンがなくてどうします？　おいらは七時には車の用意をします。旦那の行くドルゴエでも、みんな食べたがっておりますよ。引っ掛けてもらって、それでドルゴエまで行くんでさ」

ドルゴエという言葉を耳にしたドクトルは、眠りに落ちていきながら、やっとのことでドルゴエというのが何かを理解したが、その後で思い出した——彼、ドクトル・ガーリンは、ドルゴエへ向かっており、彼はそこにワクチンを届けねばならないということを。ジリベルシテインはワクチン1を接種して彼のことを待っており、彼、ガーリンは、ワクチン2を届ける、それがボリビアの黒い病で苦しむ人々にとって必要かつ重要なことなのだ。彼は自分の旅行鞄のことを思い出したが、すぐさま、どうやら鞄をあの不幸な雪だるまのそばに捨ててきたらしいことを思い出した。あるいは捨てておらず、拾い上げて一緒に走ったのだろうか。『捨てたかいなか？』ドクトルは苦労して思い出そうとした。『いや、捨てなかった、捨てなかった……どうして捨てられる？　捨てることなど絶対にあり得ない……』彼は理解した――鞄を小脇に抱えて一緒に走った、雪の上を、深くて密な雪の上を走った、走った、走った、走った、雪はすでにやみ、それからすっかりとけ、とけはじめ、林全体が日差しを浴びている、白樺の林、林はニコライ教会のそばにあり、そこで彼はイリーナと結婚することになっており、彼女は聖堂で彼を待ち、彼は林の中を、暖かくて熱いくらいの夏の林の中を歩き、明るい草が日差しを浴び、草むらで蜂がブンブンいい、白樺の幹は温かく、日差しに温められている、彼は旅行鞄の一つを小脇に抱え、空いている方の手で心地よさそうに熱い白樺の幹に触れる、すでに教会は見えており、そばでは馬車がひしめき、中には自動車に乗っている者までいるが、これは銀行家のゴルスキーで、ほかに自動車を乗り回せる者などいない、彼は歩く、歩く、しかし突然、足の下で地面が揺れ、彼は理解する、地面の下では、この暖かい夏のもろい地面の下では、黒い病に感染した連中が通路を掘っており、それはドルゴエの住人たちで、彼が接種をしなかったせいでゾンビに変わってしまったのだ、彼らは地面の下に潜り、通路を掘り、彼のもとまでたどり着いた、彼らはここにいる、そして彼は聖堂へ向かって走る、林の中を走る、全力で走るが、ゾンビの手――爪が鋭く、非人間的で、モグラの手に似ている、「モグラの手」症候群、pes talpae――が地面から、草むらから這い出てきて彼の足をつかむ、痛いほどつかむ、手は強く、鋭く、彼から新品のエナメル靴をもぎ取る、しかし彼はゾンビたちの爪から逃れ、走って聖堂にたどり着く、すでに皆は中にいる、すでに神父は経案《アナロイ》

（ロシア正教会の経机で、イコンなどを置く台）の前に立っている、すでにイリーナはウエディングドレス姿でキャンドルを手に立っている、彼は花嫁と並び立ち、キャンドルを渡され、裸足の足の裏で教会の床を感じる、床は熱い、とても熱い、その下には熱い地面があり、ゾンビの激しい動きによって熱せられている、しかし彼はとても気持ちいい、足の裏でこの大理石の熱い床を感じるのが心地いい、彼はちっとも神父のところへ行きたくない、イリーナと経案の前に行きたくない、いな、それでなくとも彼は気持ちいい、とても気持ちいいので、目から涙を流し、身をこわばらせて突っ立っているほどだ、そして皆が彼のことを理解し、彼と喜びを分かち合い、とても気持ちよくなっている、しかし彼は何だかことさら気持ちいい、何だか有頂天になるほど気持ちいい、なぜなら彼は、皆を、この聖堂にいる皆を愛しているからだ、彼はイリーナを愛している、神父を愛している、すべての親類や友人を愛している、教会の床の下でうごめき唸っているゾンビたちのことも愛している、皆を、皆を愛している、そして皆が今から彼の周りを回りはじめる、なぜなら彼は衝撃的な熱から足を離すことができないからだ、すべての客が、神父が、低い声で唸っている首輔祭が、聖歌隊員が、イリーナが、皆が彼の周りを回る、周りを回る、歩き歌う、ゾンビたちは地面の下で聖堂の周りを回る、同じく歌う、地中で歌う、ブーンと土を鳴らしながら歌う、まるで大きな地中の蜜蜂のように、地中で唸る、唸る、「いくとせも！」と唸る、とても甘美に力強く唸るので、唸り声でくすぐったいほどで、皆が回転する、まるで地軸の周りを回転するかのようにガーリンの周りを回転する、この回転と唸り声は彼と彼の足をますます温まらせ、喜ばせる……。

セキコフはドクトルが寝入ったのを感じてわずかに寝返りを打ち、自分の体の上や空いた場所に馬たちを振り分けた。

『みんな無事だ……収まった……おいらとドクトルも収まった……これでよし……』

ボンネットの中は万事良好で、全員に場所が足りていた――ドクトルにも、セキコフにも、馬たちにも。一つだけ不安なことがあった。ひび割れだ。ベニヤ板の継ぎ目が開いた、それも運悪くセキコフの背中の後ろで開いたのだったが、それというのも彼の毛皮コートの左肩のすぐそばには古い穴があったのだ――前の冬にフリュピノの製パン所で、パンのコンテナを運び出す際に掛け金に引っ掛けたのである。あとで粗末な糸でつくろい、その冬は越したのだが、今になってその穴が、この大騒ぎのせいで開いたのだった。どうやら糸がすり切れたらしい。今は裂け目からじかに左の肩甲骨《けんこうこつ》に風が吹きつけていたが、ドクトルが寝ているので反対側に寝返りを打つことはできなかった。

『運がわりい……』とセキコフは考え、馬たちを守りながら軽く寝返りを打ち、左肩を割れ目から離し、頑張って割れ目の下に背中を置こうとした。

ある一頭の馬の顔が彼の顎ひげの中に迷い込んだ。

「くすぐるのはどいつだ?」セキコフは薄く笑った。

馬が短くいないた。

「葦毛だな、どうした?」セキコフには声で四頭いる葦毛の騸馬のうちの一頭だとわかった。

騸馬は自分の素朴なあだ名を聞きつけていなないきだした。その後でセキコフの胸に放尿した。

「不安がるでねえ」セキコフは顎で軽く馬の顔を突いた。

葦毛は飛びのき、顔をセキコフの首に突っ込んだが、そこではすでに二頭の別の馬が鼻を突っ込んで呼吸していた。葦毛の声を聞きつけ、主人の袖の中でまどろみかけていた腕白者の粕毛がやきもちをやき、喧嘩腰でいななきだした。

「どうした?」セキコフは袖から突き出ている尻を指で弾いた。

粕毛は黙り、ふざけて感謝するように主人の手を嚙んだ。

『まるでアブだな……』とセキコフは思い、暗闇の中で薄く笑いながら、夏にこの粕毛を懐に入れて自宅に連れてきたときのことを思い出した。

それまでセキコフの群れには粕毛は黒粕毛が一頭しかいなかった。生後六カ月の若い赤粕毛を、彼はフリュピノで旅の仕立屋からガソリン缶と交換で手に入れたのだった。缶は義理の兄から買い、ロムイチという今は亡き測量技師の荷馬車にすでに積み込んでいたのだが、そこに酔った仕立屋が現れ、女物のドレス二着とフラシ天のジャケット二着で小さな牡馬を買ったと自慢しはじめた。ポケットから粕毛を取り出して見せる。粕毛は変わった毛色をしており、白髪まじりの赤毛で、真っ赤なたてがみを持ち、胸は広くないが、活発だった。そして、たえずいないていた。セキコフはたちまちその馬が気に入った。それは、彼が飼っていた二頭の牡馬が最近奇妙な病気で死に、三番目の列の二つの頸環が空っぽになったせいかもしれなかった。あるいは、粕毛がセキコフ自身と同じ赤毛だったせいもあるかもしれなかった。仕立屋は与太話を続け、馬を育てて御者に貸し出すつもりだ、などとぶつぶつ言っていた。しかし、セキコフが九十二号ガソリンの缶を提示すると、彼はすぐに首を縦に振った。帰宅途中、粕毛はセキコフの懐で落ち着きなくいなないていた。群れの中でも落ち着かなかった。活発で図太い性格が際立っていたが、リーダーには向いていなかった。リーダーはつねに、穏やかで胸の広い鹿毛の騸馬が務めていた。

セキコフは寝返りを打ちながら、肩の破れた部分を割れ目から守ろうとした。下の、凍りついたボンネットの板の床からも冷気が流れてきた。熱を発しているのは馬たちだけだった。暗闇の中でさえ、セキコフはどの馬が今どこにいるかを感じた。彼は、いつもあらゆる機会をとらえて群れを作っている八頭の栗毛たちが、今はドクトルとセキコフの脚の間で抜け目なく一緒に固まっていることを知っていた。ドクトルはセキコフの額にかすれた息を吐きながら眠っていた。ドクトルの体は大きく、自分の手足でほぼボンネット全体を占領していた。

『おっきな人だな……』とセキコフは考え、ふと、大男の死体と、切断するはめになった彼の硬い額を思い出した。

『切った、切った……どうにか切り落とした……』彼は寒そうにあくびしながら思った。

寒気がした。これほど疲れたことはたえてなかった。この果てしない旅の疲労で、もはや寒さに注意を向けるのもやめてしまった。肩甲骨に風が吹きつけてきたが、動きたくなかった。寒気と疲労とで、子どもの頃のように心地よくなった。

『まだ寒さが厳しくないのが救いだな……』彼はうとうとしながら思った。

眠りが彼をおのれの空間へと引きずり込んだ。うとうとしながら、セキコフはかつてポクロフスコエに働きに来た大男たちの斧を思い出した。あの巨大でものすごく重い斧は、農夫が薪を割るのに使う普通の斧には似ていなかった。斧は横のところに貫通した穴が開いており、そこに柄を通る鉄のブッシュがはめ込んであった。それを見た農夫たちは驚いたものだった。何しろ、普通の斧は固定用のくさびが柄の木口に打ち込まれているのに、こちらは横に打ち込まれていたからだ。

そのブッシュは、大男たちの斧のブッシュは大きかった。とても大きかった。重かった。ずっしりしていた。それは何プード、何百プード、何千プードもの重さで、商人のバクシェーエフの家からセキコフの父の家まで伸びて、伸びて、伸びており、父の家は、風見鶏《かざみどり》や、スーパーアンテナや、ピンクの窓框《まどかまち》などを備えた立派な家で、セキコフはその家を燃やした、子どもの頃に燃やした、それは彼とフンチクが中国の爆竹を見つけたときのことで、両親とミーシャおじさんと姉のポリーナは畑にいて、フンチクは爆竹のカートリッジを「三勇士」というビールの空き箱の上に置き、二人で火をつけ、そして爆竹は飛んだのだが、箱がなぜか倒れてしまい、カートリッジが跳ねて四方八方に発射しはじめ、爆竹が穀物の乾燥小屋の藁葺き屋根に、家の上階の窓が開いた小部屋――その部屋で父は蜜蜂用の巣礎を紙の上に敷いていた――に当たり、小屋の屋根が燃え、小部屋の中でも火の手が上がり、フンチクは怖がって逃げ出し、コジマも怖かったが逃げず、叫びもせず、小屋が燃えるのをただ立って眺め、立って眺め、立って眺め、火をただ立って眺めており、屋根は燃え、干し草小屋に飛び火し、今度は干し草小屋に火がついたが、彼はただ立って眺めており、干し草小屋に火がついて燃え、すでに隣人たちは逃げ出し、家の上階の小部屋の屋根の下も一面火の海で、窓からは炎が上がり、もはや家を救うことはできず、隣人たちは家財道具を持ち出すが、彼、コジマは、この家の中からある大事なものを救わねばならない、それは、あのときは燃えてしまったが今度は燃えないもので、あのとき父は彼を許してくれなかった、父は焼けた家や穀物の乾燥小屋や干し草小屋のことは許してくれたが、その品物が燃えたことはもう二度と許してくれず、だからコジマはこれほど若くして父の家を出たのだったが、今ならその品物を救うことができる、家から持ち出すことができる、自分を歩かせ、自分をその場から動かしさえすればいい、彼は自分の片足をつかんで両手で運び、移し、もう片足をつかんで運ぶ、足は進みたがらない、しかし彼は足をつかみ、しがみつき、爪で肉を出血するほど引っ張る、足を運ぶ、足の肉を運ぶ、手でつかんで自分の足で歩く、手で、手でつかんで足で歩く、足の方へ身を屈め、自分を歩かせ、彼は家の中へ入る、家の中はすでに暑く、上階は燃えている、激しく燃えている、隣人たちは家財道具をすべて運び出し、イコンと二つの長持を救い出した、しかし彼だけが、大事な品物が、父のいちばん大事な品物がどこに隠されているかを知っている。彼は地下室の輪っかをつかんで引き、木製の戸を上げ、地下室に入る、そこにはキャベツの漬物や塩漬けキュウリの樽が置いてあり、ガーゼに包まれた腿肉が吊り下がっており、腿肉の隣には、同じくガーゼに包まれ、腿肉に偽装されたものが、大きな蝶《ちょう》のさなぎが吊り下がっており、それは腿肉と同じ大きさで、このさなぎから孵《かえ》る蝶が広げた羽の長さは二メートル以上にもなるだろう、父とおじはそれをポドリスク近郊にある君主の孵卵器《ふらんき》から盗み出したのだ、おじはそこの温室で季節労働をしていた、彼らはさなぎを運び出し、泥炭を積んだ手押し車の中に隠し、ポクロフスコエへ運び去り、父はそれを地下室に隠し、塩漬け腿肉に偽装してガーゼを巻きつけ、脂身を塗った、それは大きくて青い「死せる頭」というさなぎで、非常に高価で、非常に美しく、父の家の三倍以上の値段がする、父はすでにそれをルーマニア人たちに売る取り決めをしていた、大事なことは、冷所で保管し、蝶が時期尚早に孵らないようにすることで、さもないとすべてがおじゃんになる、コジマはそれを家から運び出し、庭の地下にある同じように冷たい古い貯蔵室の中に素早く隠し直さなければならない、そうすれば父が帰ってもさなぎは無事だ、彼は貯蔵室の中でそれを探り当て、抱きしめる、それはまるで赤子のようであり、彼はそれを抱えて貯蔵室から這い出す、周囲はすでに一面が火の海で、すべてにさっと燃え広がり、何もかもがあかあかと燃え、とても暑く、とても明るい、彼は扉の方へ歩き、さなぎを運ぶ、しかし突然、それがひび割れる、彼は歩く、しかしそれはひび割れ、そして青い、信じられないほど美しい蝶が、さなぎから抜け出そうと、殻から抜け出そうと、彼の手から抜け出そうとしはじめる、蝶はとても愛らしく、つるつるで、絹のようで、ぞっとするほど美しく、あまりに美しいので、父のことも忘れてしまう、それは素晴らしく、天使さながらで、青くて美しい光り輝く頭蓋《とうがい》が背中の上に載っているが、それは頭蓋などではなく、天使の顔、麗しい天使の顔で、あらゆる青の色合いで光り輝いている、それはとてもか細い七色の声で歌い、抜け出し、手から抜け出し、大きな羽をはばたかせる、蝶が抜け出す様はあまりに力強く、あまりに魅力的なので、コジマの心臓は蝶の羽のように震えだすほどだ、彼は蝶を放すことができない、彼は蝶を放してはならない、絶対に放してはならない、彼は太い絹のような脚をつかむ、蝶は歌い、羽ばたき、燃える窓へ飛び立ち、コジマを火の窓へ連れ出す、コジマの手が蝶の脚とつながり、彼の骨が蝶の骨と合体し、彼の骨が蝶とともに歌う、それは新生の歌、完全な幸福の歌、偉大な歓喜の歌で、彼らは歌い、蝶は彼を連れ出す、果てしない火の窓へ、狭い火の窓へ、速い火の窓へ、長い火の窓へ、火の窓へ、火の窓へ、火の窓へ。

灰色の地平線上で太陽がきらりと光った。雪原と、雲一つない、薄れゆく星と月が浮かぶ蒼白い空が照らされた。野の上に広がった日差しが雪に覆われた車に触れ、ボンネットの割れ目に、そしてドクトルの毛皮帽の上で寝ている四頭の馬のうちの一頭の目に当たった。黒鹿毛の牡馬が目を開けた。

ボンネットの隣でさらさらと雪の音がした。何かが外側でベニヤ板を引っ掻いた。そして、明るい赤毛のキツネの顔が筵の下からボンネットの中ににゅっと突き出た。黒鹿毛が怖がっていななきだした。ほかの馬たちが寝返りを打って目覚めた。キツネを見ると、さっと飛びのいていななきだした。キツネは最初に触った馬をくわえて姿を消した。馬たちは竿立ちになりながらいないていた。

いななき声がドクトルの左耳に痛く響いた。神経外科医たちが彼の耳に穴を開けているように思えた。彼は苦労して目を開けた。そして、闇を見た。闇がいないていた。ドクトルは自分の右手を動かそうとした。しかし、できなかった。彼は左手の指を動かした。左手はオーバーの懐に入っていた。彼は麻痺《まひ》していうことをきかない左手を出し、グローブをはめた指で自分の顔をつかんだ。顔には毛皮帽が載っかっていた。いうことをきかない指でドクトルはなんとか帽子を顔からずらした、そしてすぐさま日差しが彼の左目を射た。馬たちはドクトルの体と頭を蹄で踏みつけながらいななないていた。

動こうと試みた。ドクトルは目を見開いたが、自分がどこにいるのか、自分が何者なのかわからなかった。上手くいかなかった。体は、まるでそんなものなどまったく存在しないかのように、いうことをきかなかった。彼は張りついた唇をはがし、凍てついた空気を肺の中に吸い込んだ。吐き出す。白い息が日差しの中に舞い上がった。小さな馬たちはドクトルの上で足踏みしていた。とてつもなく苦労して彼は頭を上げはじめた。顎が何やら滑らかで冷たいものにぶつかった。馬たちが帽子から飛び降りた。ドクトルは身じろぎした。痛みが背中と肩を刺し貫いた。全身が痺れ、かじかんでいた。

ドクトルの口が開いたが、呻き声の代わりに漏れたのは、弱々しいかすれ声だった。ドクトルはせめて上体を起こそうと試みた。しかし何かが、まったく感覚のない体と脚を邪魔していた。日差しが痛く目を射た。ドクトルは鼻眼鏡のことを思い出し、胸の上で手探りしはじめた。だが、指はいうことをきかず、何か冷たくて硬いものが眼鏡を見つける邪魔をしていた。ようやく彼は眼鏡を探り当て、顔の方へ引き寄せた。

しかし突然、外側で人間の大声がした。筵が乱暴にボンネットからはぎ取られた。二つの人影がドクトルの頭上に覆いかぶさり、日差しを遮った。

「你還活着嗎《ニーハイフオジャマ》？（まだ生きているか？）」一方の人影が言った。

「我靠《ウオーカオ》！（こりゃ、たまげた！）」もう一人がにやりとした。

ドクトルは目を細めながら鼻眼鏡を目に近づけた。頭上で二人の中国人が身を屈めていた。馬たちはいななき、鼻息を立てていた。ドクトルは眼鏡を目元で押さえながら寝返りを打とうとしたが、眼鏡の紐が何かに引っ掛かった。それはセキコフの鼻だった。顔は間近にあり、ボンネット全体を満たしているように思えた。その巨大な顔は生気がなく、蠟燭のように白く、尖った鼻だけが青かった。日差しが、セキコフの霜が降りたまつげの上で、凍りついた顎ひげの中で輝いていた。白くなった唇は微笑を浮かべたまま固まっていた。この死んだ顔はよりいっそう鳥らしくなり、からかうように自信満々で、何事にも驚かず、何事も恐れていなかった。

上から生きた手が伸びてきて、セキコフの顔に触った。

「掛了《グワラ》！（もう死んでる！）」

別の手がざらつく温かい指でドクトルの頬に触れた。

「生きてるか？」とロシア語でたずねる。

そして、ドクトルはたちまちすべてを思い出した。

「お前は誰だ？」とたずねられる。

彼は答えようと口を開けたが、口からは言葉の代わりにかすれ声が白い息とともに漏れた。

「我是医生《ウォーシーイーション》（私は医者です）」ドクトルはひどい中国語で言った。「帮助《バンジュー》……帮助《バンジュー》……請帮我《チンバンウォー》（助けて……助けて……どうか助けてください）」

「ドクトルなのか？」

「我医生《ウォーイーション》、我是医生《ウォーシーイーション》……」鼻眼鏡を持つ手を震わせながら、プラトン・イリイチはかすれた声で言った。

年長の中国人が携帯電話に向かって中国語で話しだした。

「盛《ション》、ここに何か袋を持ってこい、小さい馬どもでいっぱいだ、馬《マー》を連れてこい、一人は生きてるが、重傷だ」

「どこから来た？」彼はロシア語でドクトルにたずねた。

「我是医生《ウォーシーイーション》……我是医生《ウォーシーイーション》……」ドクトルは繰り返した。

「何もわかっていないな」別の中国人が言った。「見たところ、すっかり凍傷になっているようだ」

間もなくもう二人の中国人が現れた。一人の手には胎生麻布の袋が握られていた。中国人たちは不安げにいななく馬たちをつかみ、袋の中に突っ込みはじめた。

「牝馬はいないか？」年長の中国人がたずねる。

「いない」と一人の中国人が答え、にやにやしながら、セキコフの毛皮コートの袖から突き出ている粕毛の尻を指差した。「見ろ、こんなとこに潜り込んでいやがる！」

彼は粕毛の後ろ脚をつかみ、袖の中から引き抜いた。粕毛は必死にいななきだした。

「声のでかいやつだ！」年長の中国人はにやりとした。

馬たちを残らず袋の中に入れると、年長の中国人がドクトルの方を顎で指し示した。

「出してやれ」

中国人たちはドクトルをボンネットの中から引っ張りだしにかかった。それは容易ではなかった。プラトン・イリイチの脚が死者の脚と絡み合い、隅の方でオーバーが板に凍ってくっついていた。ドクトルは自分が救助されていることを理解した。

「謝謝你《シェシェニー》、謝謝你《シェシェニー》（ありがとうございます、ありがとうございます）」不器用に体を動かして中国人たちを手伝おうとしながら、彼はかすれた声で言った。

　中国人たちは四人がかりで彼を車から引きずりだし、雪の中に下ろした。ドクトルは中国人に寄り掛かりながら足で立とうと試みた。しかし、すぐさま雪にはまり込んだ。脚がまったくいうことをきかなかった。自分の脚の感覚がなかった。

「謝謝你《シェシェニー》、謝謝你《シェシェニー》……」彼は深い雪の中でもぞもぞしながら繰り返した。

　年長の中国人が自分の鼻を掻きながら言った。

「列車に運べ」

「こいつは連れていきます?」若い中国人がセキコフの方を顎で指し示してたずねた。

「わかってるだろ、玄《ヒュン》、俺の馬は死体が嫌いなんだ」年長の中国人はにやりとし、誇らしげな微笑を浮かべながら、背後を顎で指し示した。

　中国人は彼の顎が向けられた方へと機械的に視線を移した。車から百メートルほど離れたところに、三階建ての建物と同じくらいの高さの巨大な馬が立っていた。ぶち模様の葦毛で、四両の広い車両——緑色の客車一両、青色の貨物車三両——を運ぶ橇列車につながれている。赤いブランケットにくるまれた馬はたたずみ、ばかでかい鼻の穴から騒々しく白い息を吐き出していた。カラスたちが馬の頭上で旋回したり、赤い背中に止まったりしていた。馬の白いたてがみは美しく編まれ、馬具の鋼鉄の環が日差しを受けてきらきら輝いていた。

列車から緑色の制服を着た中国人がもう二人近づいてきた。四人がかりでドクトルを持ち上げて運ぶ。

「謝謝你《シエシエニー》、謝謝你《シエシエニー》……」とドクトルはかすれた声で繰り返し、ついに一度も自分の無感覚な脚を動かすことはできなかったが、あたかもそれは他人の不要な脚であるかのようだった。

そして突然、号泣しはじめた。彼は悟った――セキコフは彼を最終的かつ永久に捨て去ったのだと、彼は結局ドルゴエにたどり着けず、ワクチン2を届けられなかったのだと、そしてあらゆる点から見て、彼の人生、プラトン・イリイチ・ガーリンの人生には、これから何か新しいことが、容易ならざることが、おそらくは非常につらく、厳しく、以前は考えもしなかったことが訪れるのだと。

「謝謝你《シエシエニー》、謝謝你《シエシエニー》……」ドクトルは頭を横に振りながら泣いたが、それはあたかも、これまで起きたことや今起きていることすべてを絶対に認めまいとするかのようだった。

この数日で無精ひげに覆われ、すっかり痩せこけてしまった頬を涙が伝った。彼は鼻眼鏡を手の中で握りしめてずっと揺らし、揺らし、揺らしていたが、それはまるで何か目に見えない悲哀のオーケストラを指揮しているかのようであり、泣きながら中国人たちのたくましい手の上で体を揺らしていた。

年長の中国人がセキコフを見下ろした。彼は空っぽになったボンネットの中でひとり寂しく横たわっており、さながら彼には大きすぎる棺《ひつぎ》の中に入れられたかのようだった。ミトンをはめた両手を胸に押しつけているさまは、自分の小さな馬たちを支え、守りつづけているかのようだった。片方の脚は折り曲げられ、もう片方の脚は不恰好に突き出たまま固まっていた。

「体を調べろ」年長の中国人が若い中国人に命じた。

若者はあまり気乗りしなさそうに命令に従った。セキコフの毛皮コートのポケットの中から見つかったのは、一ルーブル銀貨、四十コペイカ分の銅貨、ライター一個、パンの皮二枚。身分証はなかった。中国人は冷たくなった懐を探り、首に二本の紐が掛かっているのを発見した。一本には銅でできた正教の十字架が、もう一本には鍵がぶら下がっていた。それは廏舎の鍵だった。中国人は鍵をもぎ取り、年長の中国人に渡した。彼は手の中で鍵を回してみて、それから雪の中へ捨てた。

「覆ってやれ」年長の中国人がうなずいた。

若者は、寒さで硬くなり、まるでベニヤ板のように凍りついた筵をつかみ、ボンネットにかぶせた。年長の中国人が馬たちの入った袋を指差し、自分は列車の方へと歩きだした。若い中国人は袋を持ち上げて背負い、後について歩きだした。馬たちは、暗い袋の中で思う存分いななき、転がり、その間に小便もすませて落ち着いていたので、ただふがふがと鼻息を立てて反応しただけだった。落ち着きのない粕毛だけが甲高い声でいななきはじめ、おのれの主人に永久《とわ》の別れを告げていた。

訳者あとがき

本書はロシアの現代作家ウラジーミル・ソローキンの中編『吹雪』《Метель》（二〇一〇）の全訳である。

二〇二二年二月に始まったロシアによるウクライナ侵攻以後、どれだけ多くの人々がプーチン政権下の国の現状について改めて語り、その際に『親衛隊士の日』に言及したことだろう。ソローキンが二〇〇六年の時点から約二十年後の帝国化したロシアの姿を描き出したこのフィクションは、当時は諷刺的《ふうしてき》なディストピア物語だと受け取られたが、今や現実のロシアのグロテスクな予言と化した。

もっとも、ソ連のアングラ作家として出発したソローキンの四十年以上にわたる長い創作キャリアの中で、「ロシア」はつねにもっとも重要な主題でありつづけてきた。侵攻後いち早くイギリスのガーディアン紙に発表した批判的エッセイ「プーチン　過去からのモンスター」（邦訳は

『文藝　二〇二二年夏季号』に所収）では、ロシアには十六世紀のイワン雷帝時代に始まるピラミッド型の権力構造がたえず存在しており、それが二十一世紀の今日に至るまで本質的に変化しなかったことがこの国の悲劇なのだと述べられている。『親衛隊士の日』における中世の過去と近未来が融合したアマルガム的な世界観は、ソローキンのこうしたロシア観を反映したものだ。『親衛隊士の日』の延長線上で書かれた本書は、やはり近未来の帝国を舞台としながらも、諷刺的性格の強い前者とは異なり、ロシア文学の古典を強く意識したものとなっている。ソローキンは一九八〇年代に『ロマン』と題したコンセプチュアルな長編《ロマン》を書いているが、本書はジャンルとしては中編《ポーヴェスチ》に位置づけられており、彼の作品の中でもっとも正統的な文学作品と言えるかもしれない。ロシアのイズヴェスチヤ紙の作者インタビューによると、昔から「古典的なロシアの中編」を書いてみたい願望があったのだという。

　表題にもなっている吹雪は北国ロシアの厳しい気候を象徴する自然現象であり、プーシキンやレフ・トルストイに同じ名前を冠した短編が存在する。作品冒頭には融通《ゆうづう》の利《き》かない宿駅の駅長が登場するが、これもプーシキンの同名短編への目配せだろう。田舎医者である主人公のガーリンはどことなくチェーホフ作品の登場人物を思わせ、彼の大きな鼻への再三にわたる言及、そして物語の最後で主人公たちを窮地に追い込む巨人の鼻の描写は、ゴーゴリのあの奇怪な短編をいやでも想起させる。

　作者が本書でとくに意識したと思われるのは、トルストイが十九世紀末に執筆した短編『主人と下男』だ。真冬、ブレフーノフというがめつい商人が森の買い取りの交渉を行うべく、下男のうちでただ一人酒に酔っていなかったニキータを連れ、橇馬車《そりばしゃ》で隣村の地主のもとへ向かう。ところが激しい吹雪のために道に迷い、主人と下男は極寒の白い世界を彷徨《さまよ》う羽目に陥る。本書では、主人公は商人から医者に、旅の目的は商談から病気の治療に変更されているものの、基本的なプロットは踏襲されている。

数々の古典のモチーフが巧みに織り込まれた本書のテクストは、一見すると十九世紀リアリズム小説の世界そのものに見える。しかし読み進めてみると、五十頭のミニチュア馬で動く（文字通りの「馬力」）スノーモービルのような車、雪に埋もれた謎《なぞ》の透明ピラミッド、ホログラム映像を映し出す「ラジオ」など、十九世紀には存在したはずのないガジェットが次々に登場し、物語の舞台が『親衛隊士の日』と同じ近未来のロシアであることがわかってくる。おそらく年代は少し下っており、帝国はいまだ健在のようだが、ガソリンが貴重品となっていることなどから、国の経済がかなり悪化している様子が窺える。

この中編でソローキンは、ドクトル・ガーリンという実にロシア文学的な登場人物に託して、現代ロシアを生きる知識人の過酷な運命を描いている。医者の目的は、感染した人間をゾンビに変えてしまうという恐ろしい病気から人々を救うために、病気が蔓延《まんえん》している村にワクチンを届けることである。この病気が象徴するものについては多様な解釈が可能だが、作者がインタビューでしばしば、過去として葬ることができずに今なおロシアを徘徊《はいかい》しているソ連の亡霊を「ゾンビ」と呼んでいることを思い出してみてもいいだろう。

いずれにせよ、ガーリンは人々の救済という使命感に駆られ、悪天候にもかかわらず威勢よく目的地を目指して出発するが、様々な障害に遭って目的を果たすことができない。それどころか、途中で車の滑り木を修理するために立ち寄った製粉所で小人の粉屋の妻と情事に及んだり、墓地に迷い込んだ揚げ句にたどり着いた「ビタミンダー」と呼ばれるドラッグディーラーたちのテントで麻薬を試したりと、高邁《こうまい》な目的とはおよそ不釣り合いな行為に及んでしまう。

こうした矛盾はガーリンと彼が雇った御者のセキコフとの関係性にも表れている。道中二人は幾度も対話を重ね、ときにそれは善悪をめぐる高尚な議論にまで発展し、ガーリンは「善を施せ」というセキコフの言葉を聞いてわが意を得たりと思ったりもする。その一方で、知識人であるガーリンは無教養なセキコフに対する自らの優越性をつゆも疑っておらず、御者が「無目的で何の志もない」ことにいら立ちを覚え、事が自分の思う通りに運ばないとカッとして暴力を振るってしまう。

ロシア語で「ナロード」と呼ばれる民衆と知識人との間にある意識の乖離《かいり》は、十九世紀ロシア社会の重要な課題だったが、それは二十一世紀の今日もなお解決していない。プーチン体制下のロシアではリベラル派の知識人を中心に幾度となく反政府デモが行われてきたが、それが民衆の大多数の支持を獲得するには至らなかった。人々の救済という知識人の願いを、民衆は理解しないどころか、自国を批判する彼らを疎《うと》ましくすら思っているのではないか。ガーリンが摩訶不思《まかふし》議《ぎ》なピラミッド型麻薬のトリップで見る幻覚には、そんな知識人の内なる不安が現れているかのようだ。身に覚えのない罪によって釜茹での刑に処される彼は、広場に集まった民衆に自分の無実を訴えるが、その声が彼らに届くことはない。

改心した主人の自己犠牲的行為によって下男の命が救われるトルストイの教訓的な物語とは逆に、ガーリンは最後まで「旦那」意識を捨てることができず、セキコフは凍死し、自分だけ偶然通りかかった中国人たちに救出される。『親衛隊士の日』でナショナルなユートピアの破綻を象徴していた中国の要素は、こちらでは伝統的な十九世紀リアリズム小説の枠組みを壊す装置として機能している。

本書はロシアで高く評価され、国内の主要な文学賞であるビッグ・ブック賞、NOS（新文学）賞を相次いで受賞し、二〇二〇年には、NOS賞の過去十年間の受賞作の中から最良の一冊に贈られるスーパーNOS賞にも選ばれている。同賞の選考委員は作品が二〇一〇年代のロシアの権威主義的トレンドを予言した点を授賞理由に挙げているが、ウクライナ侵攻後の今、『親衛隊士の日』と同様にそのアクチュアリティは増していると言えるだろう。

個人的には、どことなくドン・キホーテとサンチョ・パンサのコンビを思わせるガーリンとセキコフの人物造型も本書の大きな魅力だと思う。文学作品のクローニングを本領とするソローキンの作品に血の通った登場人物が出てくることは決して多くはないが、本書の二人はそれぞれ人間的な弱さを抱えたどこか憎めない存在だ。作者自身もかなり愛着を抱いているようで、二〇二一年には吹雪をかろうじて生き延びたガーリンのさらなる苦難の旅を描いた長編『ドクトル・ガーリン』を発表している。

翻訳に際しては以下を底本にした。*Сорокин В.Г.* Метель: повесть. М.: Астрель: АСТ, 2010.

原文には意識的に古めかしい語彙《ごい》やオリジナルの方言などが混ぜ込まれており、過去と現在の融合というコンセプトを文体面でも実践している。固有名詞のレベルで少し例を挙げると、駅長の家に置いてある『ニーワ』は十九世紀後半から二十世紀前半にかけて発行されていたロシアの絵入り週刊誌と同じ名前であり、ガーリンが割れた滑り木の応急処置に使用する「ヴィシネフスキー軟膏《なんこう》」も二十世紀のソ連で広く用いられていた傷薬の名前である。

本書の登場人物の名前についても補足しておく。ガーリンの御者であるコジマのあだ名は原文では「ペルフーシャ」となっており、いがらっぽい咳をするという意味の動詞「ペルハーチ」に由来している。それを踏まえ、本書では「咳」をロシア人の名前風にもじった「セキコフ」というあだ名にした。また、主人公たちが出会う四人の「ビタミンダー」は、「キョーワ」、「ネンネコ」、「ユーヨ」、「マドロミ」という奇妙な名前で呼ばれている。これらは実は「疲れたオモチャたちは眠る」というソ連時代に作られた非常に有名な子守歌の歌詞の単語から取られたもので、彼らはまさにガーリンを過酷な現実からドラッグによる夢幻の世界へと誘う役目を果たしている。

ロシアによるウクライナ侵攻が始まってから早くも一年が経過した。思い返せば、一年前のあの日、訳者はたまたま出張で札幌にいた。数日前から記録的な大雪に見舞われ、交通機関はほぼ全面的に麻痺していた。雪に閉じ込められて身動きが取れず、急遽《きゅうきょ》予約したビジネスホテルの一室で侵攻の報に接した。やがて雪はやみ、交通機関は回復し、何とか無事に帰宅することができたが、はたしてロシア社会を凍りつかせているこの最大級の吹雪はいつになればおさまるのだろうか。

最後に、『親衛隊士の日』の文庫化に続いて本書の出版に尽力していただいた河出書房新社編集部の島田和俊氏に感謝申し上げる。

二〇二三年三月

松下隆志

ウラジーミル・ソローキン主要著作一覧（『四人の心臓』までの年は執筆時期）

『ノルマ』Норма（一九七九〜八三）、長編
『行列』Очередь（一九八三）、長編
『マリーナの三十番目の恋』Тридцатая любовь Марины（一九八二〜八四）、長編、松下隆志訳、河出書房新社、二〇二〇
『ロマン』Роман（一九八五〜八九）、長編、望月哲男訳、国書刊行会、一九九八／新装版、二〇二三
『四人の心臓』Сердца четырёх（一九九一）、長編
『短編集』Сборник рассказов（一九九二）、短編集、邦題『愛』亀山郁夫訳、国書刊行会、一九九九／新装版、二〇二三

『青い脂』Голубое сало（一九九九）、長編、望月哲男・松下隆志訳、河出書房新社、二〇一二／河出文庫、二〇一六
『はじめての土曜労働』Первый субботник（二〇〇一）、短編集
『饗宴』Пир（二〇〇一）、短編集
『スナイパーの朝』Утро Снайпера（二〇〇二）、短編集
『氷』Лёд（二〇〇二）、長編、邦題『氷　氷三部作2』松下隆志訳、河出書房新社、二〇一五
『ブロの道』Путь Бро（二〇〇四）、長編、邦題『ブロの道　氷三部作1』松下隆志訳、河出書房新社、二〇一五
『4』Четыре（二〇〇五）、短編・映画脚本・リブレットを収録した作品集
『三部作』Трилогия（二〇〇五）、長編『ブロの道』、『氷』、『23000』23000（邦題『23000　氷三部作3』松下隆志訳、河出書房新社、二〇一六）を収録
『親衛隊士の日』День опричника（二〇〇六）、長編、松下隆志訳、河出書房新社、二〇一三／河出文庫、二〇二三
『資本』Капитал（二〇〇七）、戯曲集
『砂糖のクレムリン』Сахарный Кремль（二〇〇八）、連作短編集
『水上人文字』Заплыв（二〇〇八）、初期短編集
『吹雪』Метель（二〇一〇）、中編、本書
『モノクロン』Моноклон（二〇一〇）、短編集

『テルリア』Теллурия（二〇一三）、長編、松下隆志訳、河出書房新社、二〇一七
『マナラガ』Манарага（二〇一七）、長編
『白い正方形』Белый квадрат（二〇一八）、短編集
『時と無感覚の勝利』Триумф Времени и Бесчувствия（二〇一八）、オペラのリブレット集
『ノーマルな話』Нормальная история（二〇一九）、エッセイ集
『ロシア俚諺集』Русские народные пословицы и поговорки（二〇二〇）、オリジナル俚諺集
『ドクトル・ガーリン』Доктор Гарин（二〇二一）、長編
『女性たち』De feminis（二〇二二）、短編集

著者略歴

ウラジーミル・ソローキン

Vladimir Sorokin

1955年ロシア生まれ。70年代後半からモスクワのコンセプチュアリズム芸術運動に関わる。85年、当時のソ連を象徴する風景を戯画化した作品『行列』をパリで出版する。ソ連崩壊後、『青い脂』(99)、『氷』(2002)、『ブロの道』(04)、『23000』(05) と続く〈氷三部作〉や、『親衛隊士の日』(06)、『砂糖のクレムリン』(08)、本書『吹雪』(10) などを発表し、2010年には『氷』でゴーリキー賞、本書でNOS賞受賞。さらに長篇『テルリア』(13)、長篇『マナラガ』(17)、短篇集『白い正方形』(18)、『ドクトル・ガーリン』(21) などを発表。英語圏などでも高く評価され、2014年国際ブッカー賞最終候補。2020年には本書でスーパーNOS賞受賞。

訳者略歴

松下隆志(まつした・たかし)

1984年生まれ。北海道大学大学院文学研究科博士課程修了。岩手大学准教授。著書に、『ナショナルな欲望のゆくえ――ソ連後のロシア文学を読み解く』(共和国)、訳書に、V・ソローキン『青い脂』(共訳、河出書房新社)、『親衛隊士の日』、『氷』『ブロの道』『23000』とつづく〈氷三部作〉、『テルリア』『マリーナの三十番目の恋』(いずれも河出書房新社)、ザミャーチン『われら』(光文社古典新訳文庫) など。

吹雪

2023年5月20日　初版印刷
2023年5月30日　初版発行

著　者　ウラジーミル・ソローキン
訳　者　松下隆志
装　丁　木庭貴信（OCTAVE）
発行者　小野寺優
発行所　株式会社河出書房新社
〒151-0051　東京都渋谷区千駄ヶ谷2-32-2
電話　(03) 3404-1201〔営業〕(03) 3404-8611〔編集〕
https://www.kawade.co.jp/
組版　株式会社創都
印刷　モリモト印刷株式会社
製本　小泉製本株式会社

Printed in Japan
ISBN978-4-309-20881-7

河出書房新社の海外文芸書

青い脂
ウラジーミル・ソローキン　望月哲男・松下隆志訳

７体の文学クローンから採取された不思議な物質「青い脂」が、ヒトラーとスターリンがヨーロッパを支配するもう一つの世界に送り込まれる。現代文学の怪物による SF 巨篇。

親衛隊士の日
ウラジーミル・ソローキン　松下隆志訳

2028年に復活した「帝国」では、皇帝の親衛隊員たちが特権を享受していた。貴族からの強奪、謎のサカナの集団トリップ、蒸し風呂での儀式など、現代文学のモンスターが放つ SF 長篇。

ブロの道　氷三部作１
ウラジーミル・ソローキン　松下隆志訳

ツングース隕石探検隊に参加した青年が巨大な氷を発見し、真の名「ブロ」と「原初の光」による創造の秘密を知る。20世紀ロシアの戦争と革命を生きた最初の覚醒者をめぐる始まりの物語。

氷　氷三部作２
ウラジーミル・ソローキン　松下隆志訳

21世紀初頭のモスクワで世界の再生を目指すカルト集団が暗躍する。氷のハンマーで覚醒する金髪碧眼の男女たち。20世紀を生き抜いたそのカリスマ的指導者。世界的にも評価の高まる作家の代表作。

河出書房新社の海外文芸書

ヌマヌマ　はまったら抜けだせない現代ロシア小説傑作選

ミハイル・シーシキンほか　沼野充義・沼野恭子訳

恋愛、叙情、恐怖、SF など、多様な作家の個性が響きあうアンソロジー。ビートフ、エロフェーエフ、トルスタヤ、ペレーヴィンら、現代ロシア文学紹介の第一人者たちが厳選した12の短篇。

シブヤで目覚めて

アンナ・ツィマ　阿部賢一・須藤輝彦訳

チェコで日本文学を学ぶヤナは、謎の日本人作家の研究に夢中。一方その頃ヤナの「分身」は渋谷をさまよい歩いていて——。プラハと東京が重なり合う、新世代幻想ジャパネスク小説！

クネレルのサマーキャンプ

エトガル・ケレット　母袋夏生訳

自殺者が集まる世界でかつての恋人を探して旅する表題作のほか、ホロコースト体験と政治的緊張を抱えて生きる人々の感覚を、軽やかな想像力でユーモラスに描く中短篇31本を精選。

銀河の果ての落とし穴

エトガル・ケレット　広岡杏子訳

ウサギを父親と信じる子供、レアキャラ獲得のため戦地に赴く若者、ヒトラーのクローン……奇想とどんでん返し、笑いと悲劇が紙一重の掌篇集。世界40ヵ国以上で翻訳される人気作家最新作。

河出書房新社の海外文芸書

河出書房新社の海外文芸書

ランサローテ島

ミシェル・ウエルベック　野崎歓訳

カナリア諸島のリゾートで過ごす快楽の一週間。そこで知り合った男が起こす犯罪的事実。現代の自由とカルトをめぐる傑作。地震と火山で荒涼とした島を著者自身が撮影した写真80点も収録。

セロトニン

ミシェル・ウエルベック　関口涼子訳

巨大生化学メーカーを退職した若い男が、遺伝子組換え、家族崩壊、過去の女性たちへの呪詛や悔恨を織り交ぜて語る現代社会への深い絶望。世界で大きな反響を呼ぶ作品。

服従

ミシェル・ウエルベック　大塚桃訳

2022年フランス大統領選で同時多発テロ発生。極右国民戦線のマリーヌ・ルペンと、穏健イスラーム政党党首が決選投票に挑む。世界の激動を予言したベストセラー。

ある島の可能性

ミシェル・ウエルベック　中村佳子訳

辛口コメディアンのダニエルはカルト教団に遺伝子を託す。2000年後ユーモアや性愛の失われた世界で生き続けるネオ・ヒューマンたち。現代と未来が交互に語られるSF的長篇。

河出書房新社の海外文芸書

丸い地球のどこかの曲がり角で
ローレン・グロフ　光野多恵子訳

爬虫類学者の父と、本屋を営んだ母。かつて暮らした家には蛇が住み着いていた。幽霊、粘菌、オオカミ、ハリケーン……自然との境界で浮かびあがる人間の意味を物語性豊かに描く11の短篇。

なにかが首のまわりに
チママンダ・ンゴズィ・アディーチェ　くぼたのぞみ訳

異なる文化に育った男女の心の揺れを瑞々しく描く表題作のほか、文化、歴史、性差のギャップを絶妙な筆致で捉えた、世界が注目する天性のストーリーテラーによる十二の物語。

アメリカーナ（上下）
チママンダ・ンゴズィ・アディーチェ　くぼたのぞみ訳

高校時代に永遠の愛を誓ったイフェメルとオビンゼ。米国留学を目指す二人の前に、現実の壁が立ちはだかる。世界を魅了する作家による、三大陸大河ロマン。全米批評家協会賞受賞。

もう行かなくては
イーユン・リー　篠森ゆりこ訳

リリアは３人の夫に先立たれ、５人の子を育て17人の孫を持つ。昔の恋人の日記を手に入れ、それに自分の解釈を書き込んでいく過程で驚くべき秘密が明らかになっていく。喪失と再生の物語。